쥐잡이 냥이의 묘생역전 (상)

프로방스

프롤로그

나는 교도소에서 범죄를 저지르고 수감 중인 가해자들 중 자살 위험이 높은 수용자를 대상으로 심리상담을 하는 심리상담전문가입니다.

비록 범죄를 저지르고 수감되어 있지만, 그들이 건강하게 출소해야 사회에서 건강한 생활을 할 수 있을 것이라는 생각으로 성심껏 그들을 상담했습니다.

그러다가 범죄피해자를 알게 되었습니다.

한국 사회에서 범죄피해자들은 그늘에 가려져 있습니다.

피해자들은 누구도 원하지 않았지만, 범죄피해자가 되었습니다.

그들의 서러움, 분노, 억울함은 음지에 가려지고, 관심의 대상이 아니었습니다.

그래서 그들을 위한 상담을 시작했습니다.

우여곡절을 겪으며 범죄피해자를 위한 단체설립을 준비하게 되었습니다.
무엇이 정의인지 고민하던 중, 우연히 들른 시골 농가에서 새끼 고양이 한 마리를 만났습니다.
추위와 배고픔에 얼마나 울었는지 목소리에서 쇳소리가 날 정도였습니다.

새끼고양이를 안아 들었습니다.
서러움, 분노, 억울함이 잔뜩 묻어 있는 새끼고양이는 내 품에 안겼습니다.
눈곱도 끼고, 코딱지도 붙어 있고, 흰색인지 회색인지 분간이 안 될 만큼 온몸이 더러웠지만 새끼고양이를 내려놓을 수 없었습니다.

그렇게 새끼고양이는 우리 집으로 오게 되었습니다.
단체를 설립할지 말지의 갈등 속에서 새끼고양이는 그렇게 갈등을 마무리할 즈음에 내 품에 안겼습니다.

새끼 고양이는 우리 가족의 일부가 되었습니다.
우리 "테오" 입니다.

차 례

쥐잡이 아가 냥이와의 우연한 만남

태안에서도 한참이나 흙길을 따라 들어간 어느 바닷가 시골집.
갯벌에서 조개를 캐고, 고구마를 구입하려고 들른 그 시골집에서,
너무나도 여린 아가 냥이 소리가 들렸어요.
얼마나 울었는지 목이 쉬어서 고양이 소리 같지도 않았어요.

"삐에에에 삐에에에."

"아가야, 너 여기서 뭐 하니?"

"아줌마, 안아주세요. 너무 추워요."

"그래, 아가야. 에구, 불쌍해라. 날씨도 추운데 왜 그러고 있니?"

"춥고 배고파요."

어린 것이 뭔 죄가 있다고 이런 추위에 밖에서 울며 헤매는지, 주인아저씨에게 물어봤어요.
고구마를 파먹는 쥐가 많아, 쥐 잡으라고 데려다 놨답니다.
쥐잡이 고양이에게는 먹을 걸 주면 안 된대요.
그렇다고 저렇게 어린 아가 냥이를 굶겨서 내놓았다니요.

추운 겨울 간택을 당한 엄마와 나의 기념비적인 첫 만남

아가 냥이는 내 품으로 들어와 떨어지지 않으려고 했어요.

"너무 불쌍하네요."

"그류? 그래 봐야 고양이인디유."

"게다가 오드아이에요."

"몰러유. 그런 거 좋아하시믄 가져가셔유."

그렇게 우리는 아가 냥이를 아무 계획도 없이, 고양이를 한 번도 키워보지 않았으면서, 덥석 집으로 데려오게 되었어요.

시골냥이 도시냥이 되다

마치 처음부터 우리 집에 살던 냥이 같아요.
급히 냥이 사료 사다 주고, 화장실도 마련해 주었어요.

참 신기하게도 집에 도착하자마자 화장실을 찾아 들어가 쉬를 하고 응가를 해놨어요.
기가 멕힙니다.
가르쳐 주지 않았는데도 어떻게 알았을까요?
강아지들처럼 오랫동안 배변 훈련을 시켜야 하는 불편함이란 찾아볼 수 없는 영특한 아가 냥이에요.
아무래도 천재냥이를 입양한 것 같아요.

"아줌마, 저기에 뭔가 있어요."

"아가야, TV 보니?"

목욕을 시켜놨더니 TV 앞에 얌전히 앉아서 TV 시청 중입니다.
뒤통수가 참 귀엽죠?

우리 애들 키울 때는 집에 TV도 없었는데,
남의 애 데려와서 TV 앞에만 너무 앉혀놓는 것 같아 미안한 생각이 듭

큰 상자 안에는 커다란 고양이가 있네요.

니다.

"아가야, TV 너무 많이 보면 나쁘다."

"뭐가 나빠요? 왜 나빠요?"

"눈도 나빠지고… 음…… 정서에도 안 좋아."

"요리하는 프로그램인데요?"

"그게 말이지 TV에는 저런 것만 나오는 게 아니거든."

"에이, 그럼 뭐 하고 놀아요?"

이따금 TV를 끄면 형아 방에 가서 모니터를 뚫어져라 쳐다봅니다.

저 높은 곳을 향하여

"저는 높은 곳이 좋아요."

"그래?"

"아무래도 저는 높은 고양이인가 봐요."

"높은 고양이는 뭐니?"

"참, 귀족이나 양반 뭐 그런 거죠."

"대단하다, 너란 고양이."

"엄마, 저도 날고 싶어요."

"너는 날개가 없어서 날 수 없단다."

"그럼 날개를 달아주세요."

"아가야, 너는 튼튼한 다리가 네 개나 있잖아. 날개가 없어도 충분히 높이 올라갈 수 있어."

"그렇군요. 역시 저는 대단한 아이네요."

주제 파악을 못 하는 아가 냥이를 집에 들인 것 같은 이 기분은 뭘까요? 불과 며칠 전까지 촌구석에서 쥐잡이 냥이로 굴러다니던 녀석이었는데 말이죠.

저는 더 높은 곳으로 올라갈 거예요.

양육에 문제가 있나 봅니다

오은영 박사님을 모셔와야 할 것 같아요.
아가 냥이는 오늘도 TV 앞을 지키고 있습니다.

"아가야, 너 TV 속으로 들어갈 지경이구나."

"정말 신기해요. 여기에 세상이 다 있어요."

"네가 세상을 아니?"

"몰라요. 그러니까 배우고 있잖아요~"

"TV로 배우면 안 된다."

"그럼 유치원 보내주세요."

아가 냥이를 주워 온게 아니라 완전 깡패
냥이를 모셔온 것 같아요.
어떻게 하죠?

다행히 강아지유치원은 있는데, 고양이 유치원은 없데요.

텔레비전에 내가 나왔으면 정말 좋겠어요.

이름

가족들이 머리를 맞대고 몇 날 며칠을 궁리한 끝에
주워온 업둥이에게 이름을 지어주었어요.

테오 Theo

테오의 의미는
테 : 태안에서 온
오 : 오드아이
두 글자를 따와서 이름 Theo로 정하게 되었어요.
직역하면 "신"이란 의미도 있지요.

물론 짐승에게 사람 같은 이름을 주는 것이 맞는가 싶지만,
나름 테오에게 의미를 설명해 주었더니 만족한다 해서 가족도 안심이네요.

그나저나 테오의 머리에 검은색 무늬가 있네요.

머리 검은 짐승은 거두지 말라고 하던데….

안녕… 나는 테오에요.

엽사 대방출

테오는 모를 거예요.
SNS에 테오 사진을 이렇게 공유하는 것을요.

"엄마, 지금 뭐 하시는 거예요?"

"음, 너 사진을 자랑하는 중이야."

"거짓말하지 마세요. 이거 명예훼손이에요."

"네가 훼손될 명예가 있니?"

"우씨, 그럼 불법 촬영이에요. 신고할 거예요."

"거참, 어린놈이 별말을 다 하는구나."

어린 테오는 모르는 게 없어요.
아무래도 TV가 애를 망치는 것 같아요.
TV를 없애든가 해야지 원.

나는 테오. 꿈을 꾸는 테오

---

* **성폭력범죄의 처벌 등에 관한 특례법 제14조(카메라 등을 이용한 촬영)** : 카메라나 그 밖에 이와 유사한 기능을 갖춘 기계장치를 이용하여 성적 욕망 또는 수치심을 유발할 수 있는 사람의 신체를 촬영대상자의 의사에 반하여 촬영한 자는 5년 이하의 징역 또는 3천만 원 이하의 벌금에 처한다.

골프 천재냥 테오

"엄마, 이게 뭐예요?"

"골프 핀이란다."

"뭐 하는 것이에요?"

"골프 할 때, 그걸 잔디에 꽂아놓고 그 위에 공을 올려 채로 치는 거란다."

"엄마, 나도 골프 치고 싶어요."

오, 테오는 골프 천재인가 봅니다.
골프에 엄청난 관심을 보이지 뭐예요.
온종일 골프 핀만 갖고 놉니다.

그나저나 테오야, 엄마도 돈 없어서 골프 끊었다.
나중에 돈 많이 벌면, 그때 가르쳐 줄게.

우리 아이들이 어렸을 때도 그랬지 뭐에요.
스키 타고 싶다는 아들을 설득하며 포기시키느라…

눈물 꽤나 닦았어요.

지금은 웃으며 말립니다.
테오야, 나중에 골프 가르쳐 줄게. 싫다고 하지마라.

나도 골프 배우고 싶다냥~

TV 시청 금지령

테오가 너무 TV만 보는 것 같아 TV 시청 금지령을 내렸어요.
그랬더니 삐져서 저러고 있네요.
꼬락서니 하고는….

"아무리 졸라도 안 된다."

"말 시키지 마세요."

"그러지 말고 엄마랑 산책하러 가자."

"산책은 싫어요."

어휴, 애 키우는 게 이렇게 힘들지 뭡니까!
정말 못 봐주겠다니까요.
저렇게 말을 안 들으면 몇 대 때리는 게 약인데, 공연히 법 좋아하는 테오 건드렸다가 신고당할까 봐 겁납니다.
게다가 저런 귀여운 애를 어떻게 꾸짖겠어요.

삐진 테오가 뭘 예쁘다고 작은아들이 사진기로 열심히 촬영하고 있네요.

형, 나 삐졌어. 찍지 마!

---

* **아동학대** : 아동학대란 보호자를 포함한 성인이 18세 미만인 사람의 건강 또는 복지를 해치거나 정상적 발달을 저해할 수 있는 신체적·정신적·성적 폭력이나 가혹 행위를 하는 것과 아동의 보호자가 아동을 유기하거나 방임하는 것을 말한다(아동학대범죄의 처벌 등에 관한 특례법).

엄마가 졌다

결국, 테오의 투정에 두 손을 다 들고, TV 시청을 허락했습니다.

"테오야, 그래도 하루에 1시간만 봐라."

"엄마는 2시간씩 보면서 왜 나는 1시간만 봐야 해요?"

"너는 아기잖아."

"엄마는 어른이니까 참을 수 있지만, 저는 어리기 때문에 못 참아요."

그래, 내가 너를 어떻게 이기겠니?
그래도 어린애는 TV 너무 많이 보면 안 된다.
심심하면 책을 읽어라.

물론 고양이가 책을 읽을 거 같지는 않지만,
테오의 눈을 위해서라도 TV를 너무 가까이서
오래 보진 않았으면 좋겠네요.

아무리 재밌더라도 곰은 무서워요!

방해꾼 테오

“엄마, 일 그만하시고 나랑 놀아주세요.”

“엄마가 아주 바쁘다.”

“왜 바쁜데요?”

“단체를 설립 중이야.”

“무슨 단체요?”

“범죄피해자를 돕는 단체야. 경찰청에 서류 들어갈 거란다.”

“우리 엄마 대단하시네요.”

“고맙다. 어깨가 무겁다.”

“엄마, 내가 꾹꾹이 해드릴게요.”

테오는 효자랍니다.
엄마가 힘들다고 했더니, 꾹꾹이를 해주네요.

작은 발로 꾹꾹 눌러줍니다.
제법 시원하고 느낌이 좋습니다.
아이고, 시원해라.

그런데 일이 자꾸 느려지는 건 왜일까요.

일 그만하시고 나랑 놀아요.

Happy New Year

송구영신 예배를 드렸어요.
올해는 준비한 모든 것이 다 이루어지시기 바랍니다.
올해는 아픈 사람도 없고, 힘든 사람도 없길 바랍니다.
올해는 모두 행복하고 평화롭게 지내길 바랍니다.
범죄도 없길 바랍니다.
기도합니다.

일 년을 시작하는 오늘, 송구영신 예배는 가족과 함께 드려요.
하나님께 가족의 행복과 건강과 바라는 것이 이루어지길 기도합니다.

"테오야, 너도 한 해 동안 건강하고 행복하게 지내렴."

"가족 모두 새해 복 많이 받으세요!"

모두 행복하세요.

새해 폭죽은 무서워!

새해를 맞이하며

그동안 묻어두었던 모란도 본을 꺼내어 한지에 본을 뜹니다.

궁모란도 10폭.
신사임당은 못되더라도 흉내를 내봅니다.
먹물로 바탕을 치고, 하나씩 채색을 하고 있자면 세상만사를 다 잊고 몰입하게 됩니다.

단체 설립하느라 한동안 마음고생도 컸습니다.
모처럼 모란도를 치며 마음을 비워봅니다.

"엄마, 추운데 그냥 쉬세요."

"아니다. 이거라도 해야 마음이 편하단다. 테오야, 너는 먹을 갈거라."

"싫어요. 저는 이불 속이 좋아요."

그래, 내 뜻대로 되는 게 뭐가 있을까요?
나도 내 맘대로 안 되는데, 남의 마음을 내가 어찌 마음대로 하나요.

테오가 성가시게 놀아달라고 달라붙어요.

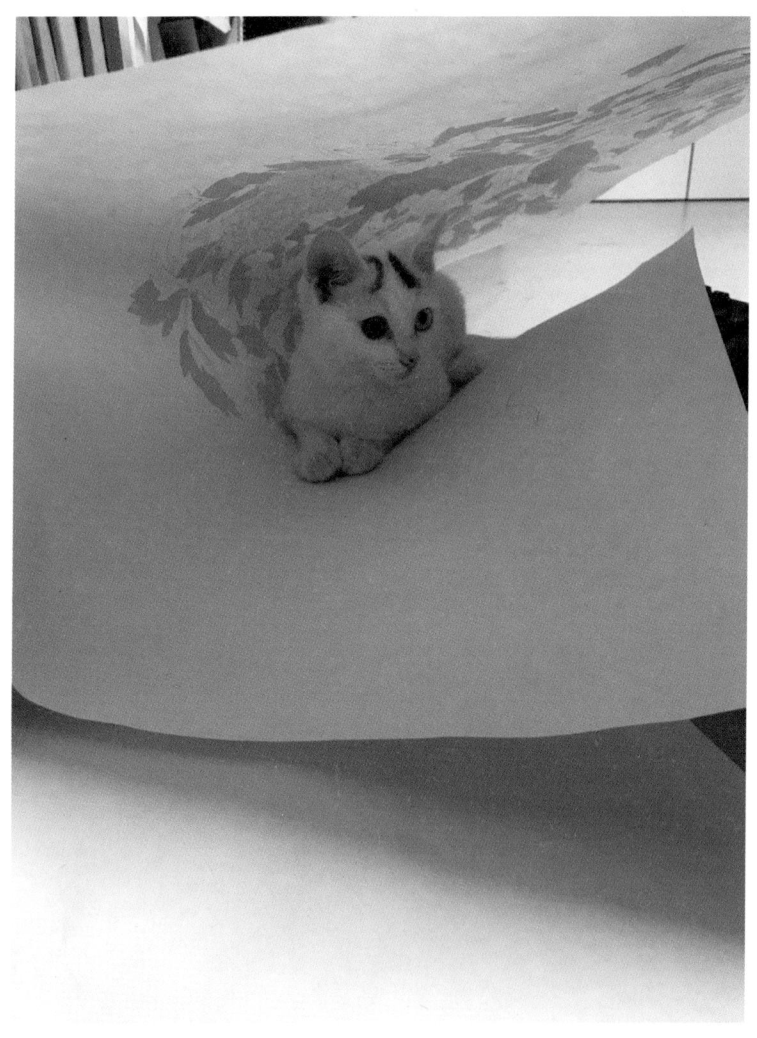

엄마의 그림 속은 포근해요. 아무리 혼내더라도 들어가고 싶어요.

이젠 마음 놓고 그림 그리기도 틀렸나 봅니다.
애 키우는 집이 다 그렇죠, 뭐.
어찌 꾸중하지만 계속 그림으로 들어갑니다.

예전 유명한 민화처럼 내 그림에도 고양이를 그려 넣어야 하나 싶네요.

붓을 내려놓고 이내 꾸중이 웃음으로 바뀝니다.

테오 덕분에 잠시 쉬어 갑니다.

Happy & Joy 스키캠프

작년에 이어 올해도 스키캠프를 갑니다.
피해자 가정의 아동이나, 피해 아동을 대상으로 해마다 여름엔 수영캠프, 겨울에는 스키캠프를 진행하고 있습니다.

1박 2일 동안 경기도 소재 스키장에서 즐거운 스키캠프를 진행할 겁니다.
이번에는 60여 명이 참여합니다.
작년에는 아동들만 참석했으나, 부모님들의 열화와 같은 성원에 올해는 부모님들도 일부 참석합니다.
도움 주신 분들, 초록우산어린이재단, 빅트리 이사님들, 봉사자들께 감사드립니다.

선물과 버스에서 나눠줄 간식을 포장하고, 참가자들이 아침 식사로 먹을 빵을 정리하고, 뭐 하나 빠진 것이 없나 챙겨봅니다.

"엄마, 저도 가고 싶어요."

"미안한데, 고양이는 못 들어간다."

"왜요?"

"고양이 발에 맞는 스키가 없단다."

"그럼 하나 맞춤해 주세요."

애들 앞에서는 냉수도 함부로 마시지 말라 하더니, 테오 앞에서는 말조심해야겠습니다.

나도 스키 탈래요!

육아는 힘들어요

얘 때문에 아무것도 못 하겠어요.
얼마나 참견을 하고, 얼마나 달라붙어서 앙알거리는지 진도가 안 나가요.

"엄마, 요건 뭐예요?"

"물통이란다."

"그럼, 이건 뭐예요?"

"그것도 물통이란다."

"물통이 왜 두 개나 되나요?"

"작은 건 물감 타는 용도, 큰 건 붓 씻는 용도란다."

"엄마, 내가 물감을 타 볼게요."

"안 된다."

오늘은 내가 피카소! 스페인이면 이 시간에 Siesta(낮잠)도…

"저도 한 번만 붓질해 볼게요."

"안 된다."

"꽃잎은 내가 그려 볼게요."

"안 된다니까!"

"에이! 엄마 미워요."

어휴, 정말 아무것도 못 하겠어요.
아이 있는 집에서는 이런 것 하면 안 되나 봅니다.
엄청나게 들러붙어서 귀찮게 굴던 테오는 결국 곤히 잠들었어요.

불멍

나무를 태우며 그 앞에 앉아 불을 바라보노라면 스르르 잠이 옵니다. 근심, 걱정, 염려를 모두 불에 던져버리고 고구마 익는 냄새에 취해 봅니다.

"엄마, 뭐하러 고생을 사서 하세요?"

"그러게 말이다."

"그냥 던져버리세요."

"그럼, 힘들어서 우는 피해자는 누가 도와주니?"

"나라에서 해주겠죠."

"아냐. 모든 피해자가 정부의 도움을 받을 수 있는 건 아니란다. 아직은 엄마의 도움이 필요한 피해자가 많단다."

"그럼 엄마는 뭐가 남나요?"

여러분!

불멍 대신 모멍 하는 형, 왜 게임 속에도 고양이가 있냥?

연지곤지

테오가 연지곤지를 찍었어요.
연지곤지는 새색시가 시집갈 때, 볼에 찍는 거래요.
붉은색이 귀신을 쫓는다나 뭐라나.

"엄마, 그런데 왜 나한테 연지곤지를 찍어주신 거예요?"

"예쁘잖아."

"기분이 왜 나쁘죠?"

"왜?"

"나는 남자인데, 왜 이런 걸 해요?"

"뭔 조선시대 사람처럼 그런 말을 하니?"

"저는요, 남자라서 이런 거 하기 싫어요!"

미안하다.
어린 녀석이 꼴에 남자라고 엄청나게 우겨댑니다.

엄마 때문에 진짜 못살겠다니까요.

남녀가 평등하다는데, 뭘 자꾸 남자라고 우겨대는지, 원.
요즘에는 남자가 애도 낳는다는데 말이죠.
물론 성전환수술을 한 사람이지만요.
이러다가 인류가 남성, 여성으로 나뉘는 것이 아니라, 그냥 사람이라고만
불러야 하는 날도 오겠어요.

오랜만에 영화 〈헤드윅〉을 다시 감상해야겠습니다.

"테오야, 헤드윅 보자."

대화

"엄마, 대화 좀 해요."

"말해봐."

"엄마는 나를 너무 무시하는 것 같아요."

"내가 뭘?"

"자꾸 나만 보면 혼내시잖아요."

"네가 먹지 말아야 할 것을 몰래 먹으니까 그렇지."

"가족들이 먹는 걸 왜 저는 먹으면 안 되나요?"

"음, 그건 말이지 너는 고양이라 그래."

"고양이가 뭐예요?"

테오는 자기가 고양이라는 걸 잊은 것 같아요.
다포리(밴댕이) 구운 걸 몰래 먹으려다 들켜서 혼났거든요.

고양이에게 생선을 맡기면 안 된다는 속담도 모르세요?

왜 혼나는지 모르나 봅니다.
고양이는 강아지와 참 다르네요.

한참 따져대며 투덜거리더니 저러고 잠이 들었어요.
아가는 잘 때가 제일 예뻐요.

코로나

살다 보니…
별일이 다 생깁니다.
중국 우한시에서 발생한 독감이 범지구적으로 퍼지고 있어요.

그래서 손 소독제를 만들었어요.
천연재료로 만들어서, 손에 바르면 로션처럼 부드러워요.
향도 좋습니다.

이왕 선물하는 거, 포장도 했어요.
수백 개를 만드느라 돈도 많이 들어갔고, 중노동으로 인해 팔과 손에 통증이 극심합니다.
에구, 허리야!

"엄마, 포장한 게 요렇게 생겼어요."

"테오야, 그러다 허리 다칠라."

"엄마, 내 허리는 유연해서 얼마든지 더 구부릴 수 있어요."

"어린 네가 부럽다."

나도 어릴 때는 테오처럼 유연했겠죠?

테오의 애교에 시름을 잊습니다.

엄마, 나처럼 해봐요. 요렇게!

요즘 애들은 뭐 하고 노나요?

“테오야, 어항에 코 박고 뭐하니?”

“물고기 구경해요.”

“테오야, 높은 곳에 올라가지 마라. 위험하다.”

“그럼, 뭐 하고 놀아요?”

“테오야, 말썽부리지 마라.”

이거 하지 마라, 저거 하지 마라.
하루 죙일 테오한테 하지 말라는 말만 한 것 같아요.
집 안에만 있는 테오가 살짝 불쌍해집니다.

엄마한테 갔다가 아빠한테 갔다가 형한테 갔다가.
이리저리 뛰어다니며 참견하더니, 피곤한지 곤하게 잠이 들었습니다.
요즘 애들은 놀이터에도 안 나오던데, 뭐 하며 노나 몰라요.

말썽꾸러기 테오가 곤히 잠 들었습니다.
애들은 잘 때가 제일 예뻐요.

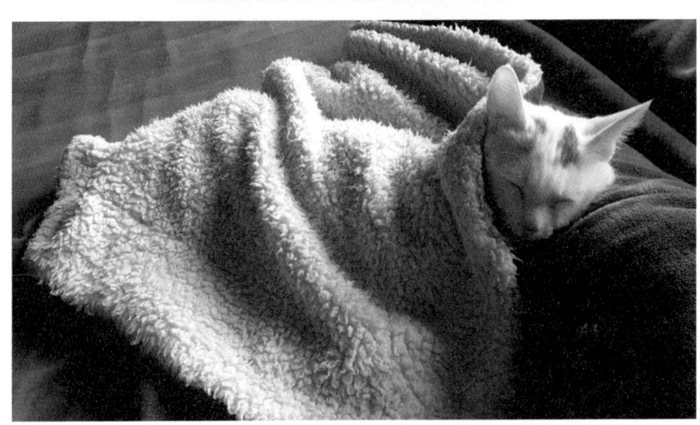

말썽꾸러기 테오

피해자통합지원 사회적협동조합

VICTREE : victim + tree
빅트리는 '피해자의 나무가 되어주겠습니다.'라는 의미입니다.
범죄 피해를 입고 힘들어하는 피해자들에게 필요한 모든 지원을 제공하고자 설립한 단체입니다.
단체 설립인가증이 나왔습니다.
VICTREE(이하 빅트리)는 경찰청 승인단체입니다.
범죄 피해자를 지원하기 위해 더욱 정진할 수 있게 되었습니다.

범죄 피해자를 위하여 10여 년 동안 상담을 했습니다.
대한민국은 아직도 피해자에게 관심이 적습니다.
오히려 가해자의 인권에 관심이 큽니다.
가해자를 위한 교정 비용에 대비하여 피해자 지원금은 5%에 불과합니다.

온종일 참 많은 일을 처리합니다.
적은 인원으로 많은 업무를 처리하다 보니, 일인이 백 일을 해야 합니다.
함께 하시는 임원진들께 진심으로 감사를 드립니다.

엄마를 기다리다가 테오는 잠이 들었나 봅니다.

"잘 자라, 테오야."

엄마 수고했어요! 전 엄마 기다리다가 잠이 들었어요.

테오랑 뽀뽀하기

"테오야~ 뽀뽀하자."

"싫어요."

"왜 싫어? 엄마랑 뽀뽀하자. 응?"

"싫다니까요! 이거 성추행이에요."

테오가 신고하면, 저는 뭐가 되는 거죠?

테오는 엄마 뽀뽀를 강력하게 저항합니다.
앞으로는 테오한테 뽀뽀하려면 허락을 받아야겠어요.
아무리 상대가 사랑스럽더라도 우리 모두 뽀뽀하고 싶으면 상대방에게 꼭 허락받고 합시다.
허락을 안 받으면 어떻게 되느냐고요?
강제추행죄가 성립되어… 처벌받죠!

으악, 싫다니까요. 신고할 거예요.

테오야, 시골 가자

"테오야, 시골 가자."

"엄마, 시골은 추워요. 시골 가기 싫어요."

"따뜻하게 불 피워줄게."

"엄마, 저는 시골에 트라우마 있는 거 모르세요?"

"엄마가 최면으로 치료해 줄게. 시골 가자."

"믿어도 돼나요?"

어이가 없습니다.
이래뵈도 제가 최면전문가인데 말이죠.

아직도 밖은 쌀쌀합니다.

시골에서 주워 온 냥이라서 그런지 테오에게 시골 가자 하니 긴장이 되나 봅니다.

단체 설립하고, 사업자 등록하고, 여기저기 홍보도 하고, 사람들도 만나러 다니고.
주말만이라도 테오와 조용히 휴식을 취해봅니다.
생각을 정리하고, 다시 힘을 모아 봅니다.

추운 겨울이 지나 곧 봄이 오겠죠?

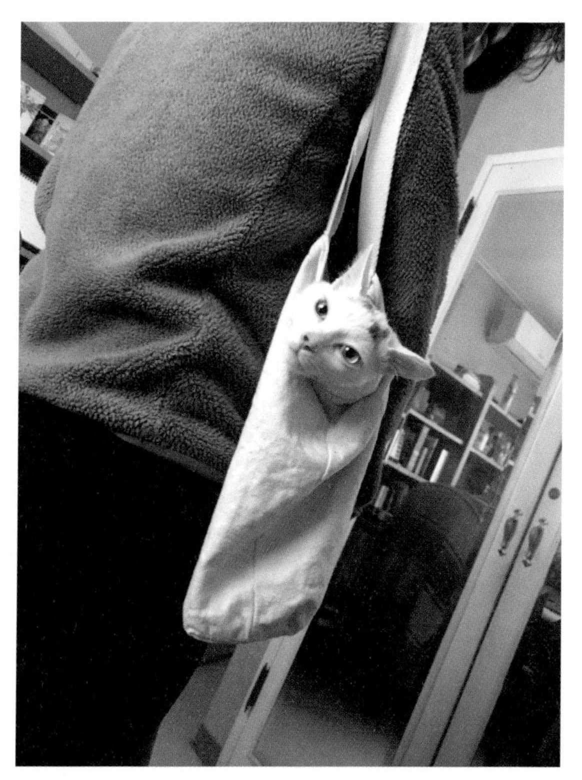

에코백에 실려서 다시 시골로 보내지는 건 아니겠죠?

궁금한 이야기 Y 485회

15년 만에 드러난 진실, 딸은 왜 아버지를 고소했나?
초경을 시작한 13살부터 15년 동안 그녀는 친부에게 성폭행을 당하며 살았습니다.
4번의 임신과 낙태.
남동생 덕분에 겨우 탈출할 수 있었습니다.

가족 간에 발생하는 성폭행은, 장기간 이어지는 경우가 많습니다.
어릴 때부터 협박 속에서 지속적으로 피해를 보기 때문에 피해자들은 신고도 하지 못하는 경우가 많습니다.
가스라이팅이 그렇게 무섭습니다.
주변의 관심이 절실합니다.

집에서 테오가 엄마를 많이 기다렸나 봅니다.

"엄마, 간식 주세요."

"밤에 간식 먹으면 이 썩는다."

"그런데 엄마는 왜 드세요?"

"너무 피곤해서 초콜릿 몇 개 먹었다."

"저도 피곤해요."

뭐 한 거 있다고 집구석 냥이 테오가 피곤하답니다.

엄마, 나도 초콜릿 먹고 싶어요.

화이트데이

3월 14일은 화이트데이라나 뭐라나.
초콜릿 장사랑 사탕 장사들이 만든 날이라나 뭐라나.
그러거나 말거나.

아직도 쌀쌀한 날씨라 불멍을 합니다.

이제 곧 밭을 갈아야겠어요.
올해는 뭘 심을까?
고민해 봅니다.

"테오야, 밭 갈자."

"엄마랑 아빠가 가세요."

"엄빠도 늙어서 힘들어."

"몰라요. 저는 잠이나 잘래요."

집에 찰떡 적응한 테오는 점점 반항기가 자라나 봅니다.

"자세 봐라. 테오야, 이불 덮고 자거라."

오만방자한 테오의 하루가 저물어 갑니다.

오만방자한 테오입니다.

그러거나 말거나 저는 의자를 열심히 뜯을게요!

마스크가 일상이 된 세상

마스크값이 천정을 찌릅니다.
마스크값이 금값입니다.
마스크 사재기에, 마스크 사려고 줄을 서고, 마스크 구하려고 인맥을 동원한답니다.

빅트리와 피해자들도 마스크가 아쉽습니다.

솜씨 좋은 피해자분께서 마스크를 만들어 주셨습니다.
비록 헝겊으로 만든 마스크지만 내부에 마스크를 덧대어 사용하면 며칠 동안 사용할 수 있습니다.

감사합니다.
잘 사용하겠습니다.

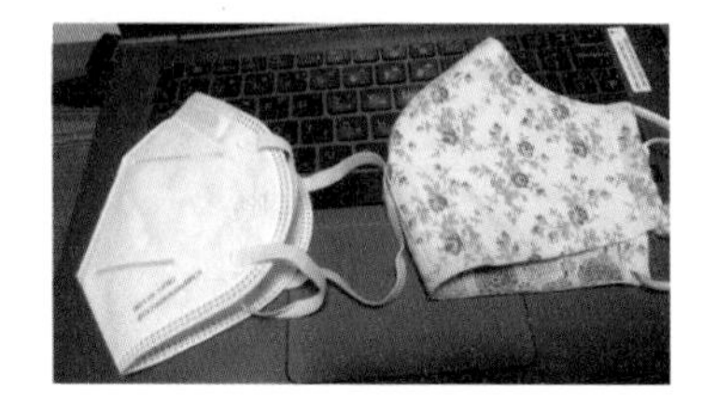

"엄마, 왜 마스크를 써야 하나요?"

"전염병 걸리지 않으려고."

"마스크만 쓰면 전염병 안 걸리나요?"

"글세, 집 밖에 나가서 사람을 만나는 것이 위험하겠지."

"엄마, 저는 마스크 필요 없어요."

"너는 좋겠다. 마스크 필요 없어서."

"저는 베개만 있으면 돼요."

방구석 냥이 테오는 세상 돌아가는 것에 관심이 없습니다.

아무 생각이 없다냥

돈가스 먹으러 가자

드디어 테오도 했어요.

이제 테오는 남자 아닌 남자 같은 남자가 되었어요.

“엄마, 나를 어떻게 한 거예요?”

“수술한 거야.”

“왜 이래야 하는데요?”

“그래야 네가 편하데. 가족 모두 편하기도 하고.”

“편하자고 사람을 이 지경으로 만드나요?”

“테오, 너는 고양이야.”

“고양이한테는 이래도 되는 건가요?”

“그게 말이지, 정말 미안하다.”

어딜 데려가요, 엄마?

"너무 아프고 화가 나서 죽을 것 같아요."

"그거 수술해서 죽은 놈 없다더라."

"내가 이런 수술하고 최초로 죽은 놈이 될 수도 있죠!"

테오가 많이 화난 것 같아요.
너무너무 미안합니다.
그래도 어쩔 수가 없잖아요.
그냥 자연 그대로 살면 좋겠어요.
사람도 그렇고, 짐승도 그렇고, 테오도 그렇고.

테오 실밥 풀다

테오는 수술 부위의 실밥을 풀고 일상으로 돌아왔어요.
수술하고 집에 와서 얼마나 의기소침해 있는지 보기가 너무 안쓰러워요.
TV 시청으로 달래줬습니다.
몇 날 며칠 동안 없는 시간 쪼개서 테오 모시고 병원 다니느라 나도 힘이 듭니다.

테오는 자꾸 자기 고추를 쳐다보며 한숨을 쉽니다.

"테오야. 빼앗긴 들에도 봄은 온단다."

"내 청춘은 어디 갔나요?"

"빼앗긴 거지."

"내 청춘을 돌려주세요!"

"그게 말이지, 이제는 불가능하단다."

"어휴, 정말 내가 못 살아. 에이."

민들레도 피고
제비꽃도 피고
온갖 봄꽃들이 피어나고 있어요.

테오의 봄도 꽃처럼 다시 피웠으면 좋겠어요.

진짜 이러기 없기에요.

형이 램프 갈다고 놀려도, TV는 못 참아요.

테오의 질문

SBS 모닝와이드 인터뷰,
소년법 존폐에 대한 제 의견은 이렇습니다.
촉법소년제도를 악용하는 아이들이 늘고 있습니다.
살인해도 처벌받지 않는다는 것을 아는 아이들은,
차량 절도를 일삼고
폭행하고
강도질하고
절도하며
죄책감을 느끼지 않고 있습니다.
소년법, 이젠 논의를 해봐야 할 때입니다.

그나저나 이제 갓 소년이 된 테오,

"엄마, 사는 게 뭔지 모르겠어요."

"테오야, 그렇게 어려운 질문의 답은 엄마도 모르겠다."

"이렇게 살아서 뭐 해요?"

"미안하다, 테오야."

테오가 부쩍 우울해합니다.
이것이 소위 말하는 고양이의 사색일까요?
테오를 위하여 무엇을 해줄 수 있을까요?

엄마, 저도 촉법소년이죠?

봄이 왔나 봄

봄봄봄봄 봄이 왔어요
우리네 가슴 속에도

날이 풀렸으니 '다 같이 돌자 동네 한 바퀴' 다시 시작합니다.
코비드 때문에 운동 시설을 이용할 수 없는 관계로 궁리 끝에 동네 한 바퀴 내지는 반 바퀴를 돌려고 합니다.

묵은 김을 꺼내어 김부각을 만들었어요.
보기엔 좀 그렇지만, 맛은 좋습니다.

"테오야, 김부각 간 좀 봐주라."

아무 반응이 없어요.
테오는 곤히 잠이 들었네요.
뽀뽀를 부르는 테오의 입술입니다.
직접 만든 자운고 립밤이라도 발라주고 싶네요.

에구, 이쁜 놈!

뽀뽀하다 들키면 테오가 화내요.

뽀뽀를 부르는 입술?

누구에게나 옵니다

봄이 왔네, 봄이 와.
숫처녀의 가슴에도

"엄마에게 맞지 않는 노래에요."

"뭘 그렇게 꼬박꼬박 따지니?"

"엄마, 밖에서 애들이 나도 나오라고 불러요."

"안돼. 개들한테 걸리면, 죽어!"

"나가서 같이 놀면 안 되나요?"

"무서운 애들이야. 너랑은 달라. 저 애들은 사납다."

동네 냥아치들이 자꾸 테오를 불러내려고 합니다.
완전 근육질인 것 같은데 말이죠.

아줌마 냥이들도 자꾸 테오를 부릅니다.
아가들 달고 다니는 것 봤는데 총각을 불러내다니요.

그럼 안 되는데 말이죠.

봄꽃으로 음식을 장식했어요.
기분이 좋아집니다.
냉이, 달래, 씀바귀로 나물을 합니다.
봄은 참 상큼해요.

봄이 오니 고양이들도 밖에 나와 있네.

손바닥 텃밭 시작

손바닥 텃밭을 갈아야 하는데, 농기구가 고장이 났어요.
작동을 안 한답니다.
집구석에 있는 유일한 대형농기계인데 말이죠.
큰일이에요.

"엄마 제가 고쳐볼까요?"

"나올 생각하지 말고 집에서 놀거라."

"나가고 싶어요!"

"세상이 얼마나 위험한데."

"엄마 아빠는 밖에 있잖아요."

"너는 어려서 안 된다. 아가야!"

밖으로 나오고 싶어서 안절부절못하던 테오는 한참을 칭얼거리다가
결국, 안에서 조용히 구경만 합니다.

나도 농사 잘 지을 수 있는데!

아무리 작은 텃밭이어도 농기구가 필요하답니다.

SBS 모닝와이드

"억대 빚 떠안은 세 자매"
억울한 피해자는 사라져야 합니다.

업무가 많아요.
빅트리는 아직 예산을 받지 못해 적은 인원으로 많은 일을 처리해야 합니다.
주말만이라도 쉬고 싶지만, 그도 여의찮네요.

"엄마, 이게 뭐예요?"

"봄나물인데, 먹으면 몸에 좋단다."

"그럼 나도 먹을래요."

"고양이도 나물을 먹니?"

"그럼요. 저도 베지테리언이에요."

별꼴을 다 봅니다.
나물 먹는 고양이도 있나 봐요.

손바닥 텃밭엔 금개구리가 돌아다녀요.

좋은 일이 생기려나 봅니다.

돈이나 왕창 들어와라!

착한 후원자분께서 기부금으로 도와주시면 정말 좋을 것 같습니다.

몸에 좋다니 나도 먹어봐야지….

빅트리 전국지부 모집

빅트리 지부들이 늘어나고 있습니다.
피해자 지원도 자꾸 늘어나고 있습니다.
피해자 한 분 한 분, 그들에게 필요한 지원을 제공하려고 노력하고 있습니다.

"엄마, 자꾸 더 바빠지시면 싫어요."

"왜?"

"나랑 안 놀아 주시잖아요. 맨날 늦게 들어오시잖아요."

"미안하다."

아이들 키울 때도 제대로 돌봐주지 못했는데, 테오에게도 관심을 자주 보여주지 못해 미안하네요.
아이들에게도 새삼 미안해지는 밤입니다.

엄마가 보고플 땐 엄마사진 꺼내 놓고…, 엄마…

피해자 지원

피해자가 이사하게 되었어요.

어린 나이에 혼자 살다가 범죄 피해자가 되어 상담을 통해 만나게 되었어요.
지자체에 도움을 요청하여 거주지 이전을 도왔어요.
이사하는 날, 이사도 돕고 짜장면이랑 탕수육도 사주었어요.
같이 도와주던 구청 직원들도 함께 웃었습니다.
초록우산어린이재단에 지원해 달라고 요청했어요.
넉넉한 지원금을 받게 될 겁니다.
앞으로 꽃길만 걷길 기원합니다.

늦은 밤 귀가하니 테오는 이미 이불과 혼연일체가 되었네요.

"테오야, 미안하다. 엄마가 주말에 놀아줄게."

"아줌마, 누구세요?"

"엄마란다."

"엄마, 이렇게 늦게 들어오시면 어떡해요? 엄마 얼굴 잊어버렸어요."

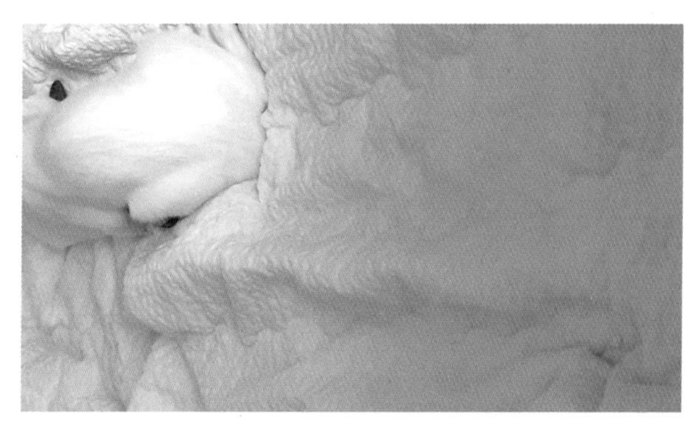

이불인지 테오인지, 혼연일체!

고등어야 우리 엄마는 언제 돌아오실까?

다시, SBS 모닝와이드

"8번의 신고에도 스토커를 왜 막을 수 없었나?"

피해자를 위하여 법 개정이 시급히 필요합니다.
법은 국민의 법 감정을 따라가지 못하고 있습니다.
물론, 법은 감정으로 만드는 것이 아니지만,
스토킹은 사랑이 아닙니다.
스토킹은 무서운 범죄입니다.
법으로 보호해 줘야 합니다.

바쁜 한 주를 겪은 후, 시골에 다시 돌아와
손바닥 텃밭에 미니비닐하우스를 만들었어요.

씨씨 씨를 뿌리고
꼭꼭 물을 주었죠
하룻밤 이틀 밤 쉿쉿쉿
뽀드득 뽀드득 뽀드득
싹이 났어요

낮에 개모차(개+유모차)를 타고 산책하러 나갔던 테오는 초저녁부터 침대랑 혼연일체입니다.
개모차는 내가 끌고 다녔는데 말이죠.
워낙 많은 것을 봐서 피곤했나 봐요.

"어이, 테오야. 엄마가 피곤한 것 같은데."

"그럼 쉬세요. 저처럼."

"그럼 누가 일하니?"

"그건 나중에 생각해 보자고요."

엄마, 일하는 것도 좋지만 가끔은 저처럼 쉬세요!

봄바람

봄바람 휘날리며
흩날리는 벚꽃 잎이
울려 퍼질 이 거리를
우우~ 둘이 걸어요

봄만 되면 나오는 이 노래는 이제 정겹다 못해 세뇌가 된 것 같아요.
그래서 벚꽃 좀비라고도 부르죠….

봄꽃은 흐드러지고,
봄바람이 난 테오의 앙탈에 산책을 나왔어요.

"엄마, 쟤는 누구예요?"

"아, 우리 집 마당에 들어와 사는 길냥이란다."

"근데 쟤는 왜 나를 따라다녀요?"

"아마 친해지고 싶어서겠지?"

"그럼 나도 만나보고 싶어요."

"안 돼. 위험해."

"뭐가 위험한 거죠?"

"걔네들은 길에서 먹고 자기 때문에 몸에 벌레와 병균이 많을 거야."

"엄마, 노숙하는 애들 차별하고 그러면 못써요. 차별금지법도 모르세요?"

"차별금지법이 왜 거기서 나와?"

---

* **차별금지법** : 특정 소수자 집단에 대한 차별을 막기 위한 법이다. 보통 성별, 인종, 종교, 장애, 성정체성, 성적지향, 사상, 정치적 의견 등을 이유로 한 정치적·경제적·사회적·문화적 생활영역에 있어서 합리적인 이유 없는 차별과 혐오 표현을 금지하는 법률이 이에 해당한다(위키백과).

앗, 깡패 고양이와 첫 조우다! 내 개모차 멋있지?

샴푸 만들기

온종일, 아니 어제부터 오늘까지
한약재를 우렸어요.
25가지 이상의 국산 한약재를 깨끗이 씻어, 푹 고았어요.
그냥 마셔도 되는 한약재입니다.

우린 약물로 샴푸를 만들었어요.
물론 단백질, 아미노산, 천연 에센셜오일 등등.
머리카락과 피부에 좋은 부재료를 첨가합니다.
이래 봬도 이름하여 〈25 한방샴푸〉랍니다.

"엄마, 저도 도울게요."

"안 돼. 이물질 들어가."

"엄마, 그래도 내가 도울게요. 저도 이 샴푸로 머리 감겨주세요."

"너는 고양이용으로 따로 만들어 줄게."

"엄마, 엄마, 그래도 한 번만 만져 볼게요. 감촉이 어떤지 궁금해요."

탈모방지, 두피보호, 윤기보증

가만히 있는 게 도와주는 거라면, 난 지금 지대한 공헌 중!

"안 된다고. 저리 가!"

"힝~"

테오의 참견 때문에 아무것도 못 하겠어요.
털을 풀풀 날리고 다니는 녀석이 들러붙어서 혼냈어요.
어떻게 아들 둘을 키웠나 몰라요.

테오는 한바탕 참견을 하다가 쫓겨나더니 곤하게 잠이 들었네요.

---

* **일반샴푸** : *샴푸의 계면활성제는 자극이 강한 합성 석유계 계면활성제를 사용한다. 합성계면활성제는 세정이 잘 된다는 장점이 있지만, 두피에 남게 되면 각질이나 두피에 존재하는 천연보습인자 등의 방어막을 녹이고 피부로 흡수되어 경피독을 일으킬 수도 있다. 샴푸에 첨가되는 디메치콘, 메칠파라벤 등으로 표기되어 있는 것들이 공업용 실리콘이다. 시중에 판매되고 있는 샴푸에는 이런 공업용 실리콘을 다량 함유하고 있는 제품들이 있으니 꼼꼼히 성분을 살펴본 후 구입하는 것이 좋다(뷰티한국에서 퍼옴).*

다 같이 돌자 동네 한 바퀴

오늘도 길을 나섰습니다.

산책하다 "뱀 주의"란 팻말을 봤네요.
오나가나, 나는 왜 뱀이랑 인연이 많을까 몰라요.
그렇다고 사탕(뱀 사, 탕 탕, 한마디로 뱀탕) 같은 걸 좋아한다는 의미는 아니에요.
여기 시골 근처엔 독사탕 파는 집이 있어요.
아주 요란스럽게 소문내며 장사해요.
그 집은 단속 대상에서 빠지나 봐요.

독사탕, 안 먹어봐서 몰라요.
맛있냐고, 힘 나냐고 물어보지 마세요.

"엄마, 저도 뱀 좋아해요."

"뭐?"

"뱀 갖고 놀면 재미나요."

"어린 애가 위험하게 뱀 갖고 놀면 안 돼. 애들은 가라. 애들은 가라."

뱀은 내 장난감이지…

"그럼 장난감을 사주시던가요."

바쁘고 돈 없는 엄마에게 뼈 때리는 말만 골라서 하네요.
얼마 전에 고양이가 뱀을 가지고 노는 영상을 우연히 봤나 봅니다.
슬그머니 방으로 들어가더니 세상 모르게 곯아떨어졌습니다.

'음야음야…. 홍알홍알….'

꿈에서 뱀 갖고 놀고 있으려나 몰라요.

화창한 봄날

화창한 봄날에 코끼리 아저씨가
가랑잎 타고서 태평양 건너갈 적에
고래 아가씨 코끼리 아저씨보고
첫눈에 반해 스리슬쩍 윙크했대요

고래랑 코끼리도 눈이 뒤집히게 좋은 봄날이네요.
오늘도 섬을 반 바퀴 돌아요.

오늘은 어린이날이라 많은 가족들이 섬에 놀러 와서 재밌는 시간을 보내겠구나 싶네요.
쓰레기는 되가져 가시기 바랍니다.

집에 들어왔더니 테오가 달라붙습니다.

"엄마, 어린이날이니까 선물 주세요."

"츄르 한 개 줄게."

"장난감 사주세요."

장난감 더 사주세요!

"장난감 있잖아."

"저는 새 장난감이 필요해요."

"물고기 장난감 있잖아."

"기가 막히네요. 암튼 Bird or new(새 아니면 새) 장난감 사주세요."

"깨끗이 닦아줄게. 새것처럼."

테오는 장난감이 있어도 금방 질려해서 계속 사달라고 하네요.

어휴, 어린이날이 뭔지.
없는 집 애들에겐 상처만 남길 텐데요.
없는 집 어른도 상처받아요.

빅트리 지부 모집 기사

감사하게도 경우신문 안오모 국장님께서 '빅트리 지부 모집' 기사를 실어 주셨어요.

빅트리는 현재도 전국에 몇 개의 지부가 설립되어 있습니다.
더 많은 피해자를 지원하기 위하여 더 많은 지부가 필요합니다.
항상 피해자 지원에 관심 있는 분들의 연락을 기다립니다.

"테오야. 너도 피해자에게 관심 좀 갖거라."

"엄마, 저는 그런 거 몰라요."

"그렇게 나 몰라라 하면 안 돼. 전 국민이 조금씩 관심을 가져야 하는 거야."

"나 하나 먹고 살기도 바빠요."

"너한테 돈을 달라는 것도 아니잖니."

"드릴 돈도 없고요, 신경 쓸 틈도 없어요."

형님, 내가 야박해요?

"그냥 관심만 조금……."

"머리 아파요. 저는 잘 몰라서 신경 쓰고 싶지 않아요."

야박한 고양이예요.
고양이에게 무언가를 바라는 제가 잘못일까요?
테오에게 상처 받았어요.

코로나 극복 키트

한국 포르쉐에서 후원하고,
초록우산어린이재단에서 기획하고,
빅트리에서 나눔을 합니다.

코로나 때문에 모든 행사가 취소되고
학교도 못 가는 아동들도 많습니다.
부모님이 출근하여 식사 챙기기도 어려운 이 시기에,
몇 끼라도 챙겨주고 싶다는 취지입니다.

10만 원짜리 키트라네요.
컵밥, 햇반, 소시지, 햄, 구운 달걀, 3분 짜장, 3분 카레 등등…
그리고 독일에서 건너온 하리보 젤리도 들어있어요.
포르쉐가 독일에서 온 거라… 독일 젤리도 넣은 걸까요?

"엄마, 우리 집에도 한 세트 갖고 오세요."

"그건 안 돼."

"왜요? 엄마도 맨날 밖으로 나돌아다니기 때문에 우리 가족들은 맨날 밀 키트 먹던데요."

나도 잘 먹을 수 있는데…

"그래도 안 돼."

"왜요?"

"저건 우리 먹으라고 주는 게 아니다. 피해자들 가정으로 보내야 해."

직접 하나하나 배달하려니 정말 힘들지만 보람차네요.
테오도 이 맘 알아줬으면…

후원금, 기부금, 후원 물품으로 장난치는 단체가 많습니다.
그들의 행태를 보고 충격이 컸습니다.
후원금과 후원 물품은 어려운 이웃들에게 돌아가야 한다고 생각합니다.

대화가 필요해

빅트리 회복심리사…
범죄 피해로 인하여 심리적인 어려움을 겪고 계신 피해자를 지원하는 심리상담사입니다.
범죄 피해로 인한 고통을 극복하고, 일상으로 회복할 수 있도록 지원하는데 헌신할 상담전문가를 '회복심리사'라고 합니다.

"엄마, 저와의 관계는 어떻게 하실 건데요?"

"우리, 사이 좋은 거 아니니?"

"엄마는 너무 바빠서 저에게 관심이 부족해요."

"그래? 그렇게 생각하니?"

"상담하시는 분이 그러시면 어떡해요?"

"아니, 나는 나가서 열심히 일하고 들어온 죄밖에 없는데, 집구석에서 맨날 노는 놈이 뭔 불만이 그렇게 많니?"

"저에게도 관심 좀 가지세요!"

테오가 쌩하고 가버립니다.

그러고 보니 내가 잘못한 것 같아요.
세상엔 별의별 성격의 고양이가 있는데, 테오는 "개냥이" 인가 봐요.
보통 다른 고양이는 관심 가져주는 걸 귀찮아하지만,
테오는 많은 관심을 원하네요.

외로워서 못 살겠어요.

모두가 바쁘다

범죄를 저지르고 피의자 신분으로 조사를 받게 되면 국선변호인이 선임됩니다.
피해자에게는 그런 혜택이 없습니다(성범죄 등 일부 피해자만 선임 가능).

가해자는 변호인의 조력을 받아 방어권을 보호받습니다.
반대로 피해자는 자신의 사건이 어떻게 진행되고 있는지,
피해자는 무엇을 준비해야 하는지 잘 모릅니다.
그래서 준비했습니다.

'피해자 자기보호노트'

피해자가 경찰, 검찰, 법원 단계에서 챙겨야 할 권리와 준비사항 등이 잘 요약되어 있습니다.

바쁜 와중에 테오도 무언가 하느라 바빠 보입니다.

"테오야, 뭐하니?"

"기생충 잡아요."

벌레 요놈, 잡았다!

"기생충인지 어떻게 아니?"

"우리 집에서 하는 일 없이 밥만 축내잖아요."

"그렇구나. 그럼 너는?"

"밥 값하려고 기생충 잡잖아요."

나는 밥값 하나 모르겠어요.
밥값 하는 테오의 한마디에, 문득 나를 돌아봅니다.

나도 밥값하겠죠?

빅트리 제주도지부 회복심리사 자격 교육과정

제주도지부에서 회복심리사 자격 교육과정을 진행했습니다.
3일 동안 아침 9시부터 저녁까지.
정말 빡빡한 일정을 소화했습니다.

교육생들에게 감사합니다.
무엇보다 제주도 지부장님께 감사드립니다.
이후 과정도 무사히 마치고 제주도 지역의 피해자들을 도와주시기 바랍니다.

서울에 먼저 도착하여 '강서경찰서 피해자 지원을 위한 간담회'에 참석했습니다.
밀린 업무를 모두 마치고 귀가하니 테오는 잠들어 있네요.

"테오야, 엄마 왔다."

"선물 주세요."

"짐이 많아서 아무것도 못 샀는데."

"늦었어요. 그냥 주무세요."

"그래, 미안하다."

그러고 보니 가족들을 위해 아무것도 준비하지 못했네요.
내일 아침에 테오가 기념품 내놓으라고 조르면 어떡하죠?
비싼 옥돔은 못 사 올망정, 멸치라도 사다 줄 걸 그랬나 봅니다.

나도 제주도 가고 싶다….

고양이 목욕은 전쟁

"테오야, 목욕하자."

"싫어요."

"더럽다. 목욕하자."

"엄마나 하세요."

"엄마는 매일 샤워한다. 너는 일주일에 한 번 하는 것도 싫다 하면 어쩌니?"

"저는 매일 온몸을 침으로 싹싹 닦아요."

"에그 더러워. 그러니까 목욕해야 하는 거야."

"목욕하면 뭐 주실래요?"

"츄르 줄게. 참치캔도 주고."

밀당의 고수 테오예요.

목욕시키려고 온도 알려주는 비싼 욕조까지 사놨건만….
목욕 한번 시키려면 집에 있는 간식을 총동원합니다.

"목욕했으니까 츄르 주세요!!"

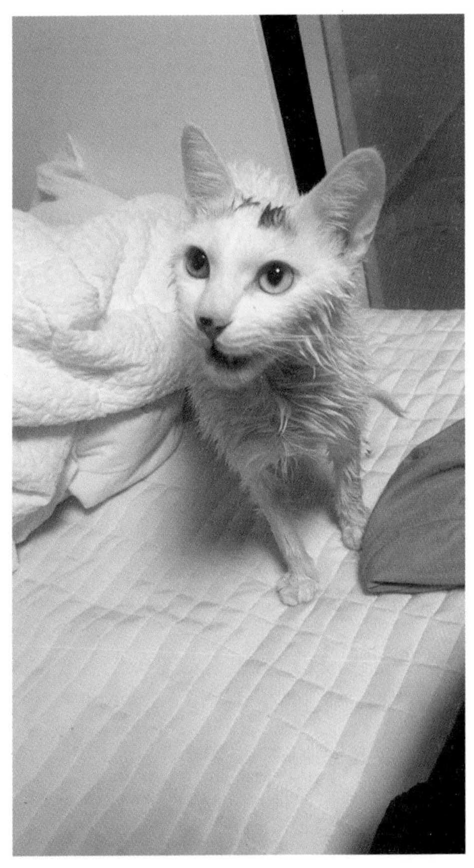

숨어있는 테오 잡아다가 목욕시키기 : "감히 내 몸을 물에 담그다니!"

개모차 타고 산책하러 가요

섬에는 꽃 피네 꽃이 피네
갈봄 여름 없이 꽃이 피네!

"꽃구경 가자, 테오야."

"와, 신난다. 오랜만에 땅 밟아 보는 거예요?"

"아니. 개모차 타고 가야 해."

"왜요? 개들은 죄다 뛰어다니던데요?"

"너는 고양이잖아."

"나도 뛰어다니고 싶어요."

"안 된다니까. 뛰어다니는 고양이가 어디 있니?"

"저, 개라고 하면 안 될까요?"

테오가 신분 세탁을 원합니다.

나들이는 무서우면서도 재밌고 설레요. 두근두근.

피해자들에게 신분을 바꾸라는 조언을 많이 합니다.
가해자들의 보복 범죄가 우려되면 권합니다.
전화번호는 물론이거니와 이름, 주소, 주민등록번호까지 바꾸어야 합니다.

그런데 테오가 신분 세탁을 원합니다.
저러다 성형까지 해달라는 거 아닌지 몰라요.

나들이 다녀온 테오는 곯아떨어져 자네요.
이제 방해받지 않고 일할 수 있겠어요.

물김치 담그기

손바닥 텃밭에 봄이 왔어요.
돌나물이 왕성하게 자라서.
물김치를 담갔어요.

밭딸기도 보이네요.
딸기를 넣으면 향긋하고 달콤해지겠죠.

"테오야, 뭐하니?"

"친구들이 나오라고 불러요."

"아냐. 시비 거는 거야."

"저도 나가고 싶어요."

"안 돼. 위험해."

"왜 내 인생을 엄마가 다 결정하세요?"

"엄마니까."

내 묘생은 내가 만들어 가는 거라고요!

"부모도 자식의 인생을 결정할 권리는 없는 거예요. 내 인생을 돌려주세요."

이를 어쩌죠?
테오가 머리 조금 컸다고 자꾸 심오하게 따집니다.
어디서 얻어들은 게 너무 많아 문제입니다.

역시 고양이는 강아지와 상반되게 자기 의지가 강하다는 걸 오늘도 느낍니다.

피해자통합지원 사회적 협동조합 & 대한민국경찰유가족회 업무협약

경우신문에 보도되었습니다.
저는 경찰유가족회 부자문위원장으로 활동하고 있습니다.
피해자를 위해 더욱 많은 활동을 위한 업무협약입니다.
대한민국 경찰유가족중앙회 권옥자 회장님께 이 자리를 빌려 감사드립니다.

오늘도 테오는 바깥 구경 삼매경입니다.

"테오야, 또 길고양이들 보고 있니?"

"엄마. 재네들은 왜 저렇게 살아요?"

"집이 없으니까 그렇지."

"집이 없으면 어디서 살아요?"

"길바닥에서 사는 거야. 길에서 자고, 길에서 밥 먹고, 길에서 아가도 낳고. 그래서 재네들은 자주 아픈 거야."

"아, 그런 거구나. 엄마, 고맙습니다."

테오가 나이가 들어가니 철이 드나 봅니다.
갑자기 부모님 은혜에 감사하다네요.
며칠만 빨리 철이 들었으면 얼마나 좋았을꼬.(어버이날이 지났네요.)

엄마, 키워주셔서 감사해요….

강서아동보호전문기관과 업무협약

굿네이버스 산하단체인 아동보호전문기관과 업무협약을 맺었습니다.
아동보호전문기관에서 피해 아동들을 연계해 주면, 빅트리 회복심리사들이 상담을 진행합니다.
친절하신 관장님과 직원분들이 여러모로 배려해주시네요.

일을 하던 중 문득 테오를 보게 됩니다.

"테오야, 왜 맨바닥에서 자니?"

"더워서요."

"그래도 이불 위에서 자야지."

"덥다니까요. 에어컨 켜주세요."

"벌써 에어컨을 켜면 더운 여름은 어떻게 지내려고?"

"그건 그때 가서 생각하고요. 일단 에어컨 켜주세요."

엄마 수고 많았어요. 그나저나, 저 죽은 거 아니에요!

아이고, 전기요금이 무서운 줄 모르는 철부지 테오는 벌써 에어컨 앞을 서성이며 투정을 부립니다.

털북숭이라 그런지 덥다고 쩍벌을 하고 자는 테오…
에어컨을 틀어주면 냥모나이트가 되겠네요.

고양이가 편안하다고 느껴지면 가장 약한 부위인 배를 드러낸다고 해요.
테오는 정말이지 강아지 이상으로 편하게 지내서 참 신기합니다.
내가 고양이 말고 강아지를 주워 왔나 봐요.

"테오야, 다리 닫고 자거라…."

피해자 자기보호노트 저작권 등록

"피해자 자기보호노트"에 대한 관심이 높아지고 있습니다.
여기저기서 연락도 많이 옵니다.
경찰에서도 꼭 필요하다며 응원해줍니다.

피해자 자기보호노트는 피해자를 위한 빅트리의 재산입니다.
그래서 저작권 등록을 했습니다.
필요하신 분에게는 언제든 제공해 드립니다.

테오가 학문에 뜻이 있는 것 같아 안경을 마련해 줬습니다.
제법 잘 어울리지 뭐예요.

테오 박사님이라 부르면 될까요?

어때? 좀 똑똑해 보이냥?

찰칵찰칵

"테오야 일루 와봐."

"귀찮아요!"

테오가 온 뒤로, 둘째 아들은 동생이 생긴 것처럼 좋아합니다.
아끼는 라이카 카메라로 테오를 촬영하기 시작했어요.
테오도 처음에는 놀라 도망 가더니,
차츰 렌즈를 툭툭 치며 관심을 보이다가,
이젠 귀찮은지 찍든 말든 드러누워 있네요.

덕분에 아드님에게 허락을 받고 테오 사진을 몇 장 얻었습니다.
아드님 몰래 SNS에 올려볼까 고민도 해봅니다.

가족의 사랑을 듬뿍 받는 테오는, 이런 사랑을 알기나 할까요?
알든지 모르든지 우리는 테오를 엄청 아낍니다.

오늘도 테오는 밥 달라, 똥 치워달라, 놀아달라며 앵앵 보채기만 하네요.

"엄마, 초상권이 뭐에요?"

"그런 건 몰라도 된단다."

"왠지 모자가 짜고 치는 것 같은데요."

꼬맹이 테오는 못하는 말이 없습니다.

허락 없이 내 사진 찍지 말라고요!!

못 찾겠다 꾀꼬리

새벽부터 테오가 숨바꼭질하자고 졸라대요.
나도 어린아이처럼 테오를 쫓아가기도 하고,
그러다 도망가는 척하면 테오가 나를 쫓아와요.

"테오 없어요."

"못 찾겠다, 꾀꼬리."

테오와 한바탕 온 집안을 뛰어다녔네요.

사실 테오는 숨바꼭질을 잘하는 편이 아니에요.
자기 얼굴만 숨기면 다 안 보이는 줄 알거든요.
천재 냥이인 줄 알았건만… 그냥 멍청한 걸까요?

테오랑 잠시 놀다 보니 문득 생각이 드는 게 있습니다.
법무부가 피해자 지원과를 신설하겠다고 나섰는데,
수년간 내가 주장하던 내용이 대부분 포함되어 있습니다.

1. 검찰청, 복지부, 여가부에서 민간단체에 일임함으로써 발생하는 각종

저 안 보이지요?

문제점과 예산 낭비

2. 피해자 일부만 지원하는 폐단

3. 가해자에게만 선임되는 국선변호인제도(성범죄피해자에게만 선임)

4. 피해자를 일차적으로 접하는 경찰청에 피해자 기금의 1%만 배정되어 피해자 지원에 제한이 크다는 점 등등

정말 개선될지 두고 볼 겁니다.

테오야, 엄마 응원 많이 해주렴!

다이어트

또래인데 다른 몸.

아침마다 안선영, 정다연.
두 여인과 친하게 지내기로 했어요.
코로나로 인해 집 안에서 일하는 시간이 많아진 요즘,
아침마다 두 여인의 영상을 보며 에어로빅을 합니다.
중년에게 딱 맞은 운동이라고 할 수 있겠네요.

비록 정다연님의 몸은 안될지언정….
시작했으면 끝까지 간다는 마인드로 하고 있네요.

테오가 처음엔 신기하게 보더니
이젠 옆에서 창밖을 멀거니 내다봅니다.
무슨 생각을 할까요?
저러다 잠들면 흔들어도 모를 겁니다.

이제는 제법 통통해진 테오도 다이어트가 필요할 것 같아요.
무념무상 상팔자 생활에 체중만 늘어나는 것 같아요.

"테오야, 너도 살이 많이 쪘다. 운동해라."

엄마가 운동하는 동안 저는 잠을 자겠습니다.

“엄마, 그런 말 함부로 하지 마세요. 정서학대에요.”

“어디 무서워서 말이나 하겠냐…?”

*** 정서 학대** : 보호자를 포함한 성인이 아동에게 행하는 언어적 모욕, 정서적 위협, 감금이나 억제, 기타 가학적인 행위를 말합니다. 언어적, 정신적, 심리적 학대라고도 합니다. 정서 학대는 눈에 두드러지게 보이지도 않고 당장 그 결과가 심각하게 나타나지도 않기 때문에 그냥 지나칠 수도 있다는 점에서 더욱 유의해야 합니다.(아동복지법 제3조)

방문 상담

오전에 대림동에 거주하는 피해자를 방문하여 상담했어요.
피해자분 집 주변이 주차 불가라 하여 버스를 타고 갔어요.
사실 방문 상담을 하다 보면 골목 깊숙이, 차로는 도무지 못 들어가는 곳에 거주하고 계신 분을 종종 뵙니다.
상담을 마치고 나오는 길에 자두를 팔고 있기에 한 상자 사 왔어요.

저녁에 업무를 보며 자두를 먹다가, 문득 옆에 앉아 있는 테오를 봤네요.
테오도 엄마를 지그시 바라보고 있어요.

"엄마, 그렇게 시큼한 자두를 왜 드세요?"

"인생도 시큼털털하거든."

"인생이 먹는 거예요?"

"어휴, 네가 인생을 아니?"

테오가 그저 건강하게 잘 먹고 잘살면 더는 바랄 것도 없지만요.

인생은 어떤 맛일까요?

선물

종종 응원해주시는 분들께서는 각자의 방식으로 지원을 해주시는데,
이번엔 선물로 여러 가지 농산물을 받았습니다.
감자, 호박, 가지, 오이…
한 상자 가득 감사함이 담겨 있어요.
참 감사드립니다.
많은 분이 덕담을 주시는 것만으로도 항상 감사할 따름인데,
저는 드리는 것도 없이 이런 선물을 받아도 될까 싶네요.

테오가 가끔 사라지기에 찾아 나섰어요.
테오는 겨울옷 보관하는 장롱 속에서 둥지를 틀었네요.
장롱문을 열자 당황함이 역력한 눈으로 어리둥절합니다.
테오에게는 나름 비밀 아지트였나 봐요.

"테오야, 내려와서 자라."

"내버려 두세요. 나만의 시간이 필요해요."

"시끄럽다. 잠은 침대에서 자는 거란다."

"장롱에서 자면 안 되나요?"

"옷들이 다 망가지잖아."

"그럼 내 집 한 채 장만해주시던가요."

"돈이 어디 있어서 집을 장만해주니?"

"능력 없으면 잔소리를 하지 마시던가요."

"배은망덕도 유분수지."

"몰라요. 전 잘 거예요. 건드리지 마세요!"

겨울옷을 정리해둔 장롱 속 옷에 테오의 털이 다닥다닥 붙었어요. 일거리가 늘었네요.

어… 냅둬주세요.

한국은 자살 비율 OECD 1위

"엄마, 사람들은 힘들면 왜 죽나요?"

"왜 그런 질문을 하니?"

"TV에서 봤어요."

"앞으로 TV 시청 금지다!"

"그건 잘못된 정책 같아요. 원인을 해결하지도 않고 무조건 금지라니요? 지금이 제5공화국도 아니면서요."

"한살도 안된 애가 못하는 말이 없구나."

"에라 모르겠어요. 잠이나 자야겠어요."

고민 많은 테오는 무슨 생각이 그리 많은지, 팔짱 끼고 골똘히 눈만 굴리다가 잠이 들었습니다.
생각이 많은 건지, 아니면 생각이 없어서 잠만 자는 건지.

"테오야, 좋은 것만 생각하거라."

많은 것을 생각하게 되는 밤이네요.

세상은 요지경

“테오야 왜 이상한 자세로 누워 있니?”

“세상이 이상해서 나도 이상하게 누워 봤어요.”

“뭐가 이상하니?”

“고소당하면 죽어야 해요?”

“그렇진 않지. 시시비비를 가려야 하고, 잘못했으면 벌 받아야 하고, 잘못하지 않았으면 더 잘 살면 되지.”

“엄마, 이럴 때는 슬퍼해야 하나요?”

“죽음은 슬픈 거란다. 그가 무슨 죄를 지었는지 모르지만, 일단 누군가 죽었으면 애도해줘야 한단다. 죽음 앞에서는 네 편 내 편을 가르지 말아야 한단다.”

“엄마, 나는 모르겠어요. 정말 세상은 요지경인가 봐요. 그래서 거꾸로 누워볼래요.”

"나도 모르겠다. 근데 자꾸 마음이 아프다."

"엄마, 가슴이 답답하면 낮에 받아놓은 찬물에 몸을 담가봐요."

"이놈아, 밤에 냉수에 들어가면 심장마비로 죽는다."

나는 모릅니다.
두 사람 사이에 어떤 일이 있었는지는 두 사람만이 알겠죠.
그래도 이건 아니지요.

세상은 요지경이어도, 좋은 생각만 할게요!

마스크 기부

평소에 피해자를 위해 관심을 보여주시던 분께서 마스크를 기부해 주셨습니다.
피해자 상담을 하고 피해자에게 마스크를 한 상자씩 드리니,
참 고마워하십니다.
피해자를 위하여 작은 위로라도 드리고 싶습니다.
기부해 주신 분께 피해자를 대신하여 감사드립니다.

테오는 샛눈을 뜨고 잡니다.

"뭔 꿈을 꾸는 게냐?"

"세상을 지키려니 눈을 감을 수 없어서요."

"너 자신이나 잘 지키세요."

"엄마, 나는 슈퍼냥이가 될 거예요."

"인류를 위한 봉사는 엄마 하나만으로 충분한 것 같구나."

"말리지 마세요. 일단 꿈에서라도 날아 볼게요."

가끔은 눈을 뜨고 자는 것이….
아무리 아직 애라지만, 자는 모습은 무섭네요.
제가 테오 무섭다고 한 말, 이르지 마세요.

나는야 슈퍼냥이~

나쁜 자세

나이도 어린놈이 건방이 하늘을 찌릅니다.
누워 있는 자세가 오만방자합니다.

"테오야, 그러다 허리 나간다."
"그러다 눈 버린다."

"엄마, 눈은 이미 버렸어요. TV에 나쁜 사람이 많이 나와서요."

"그걸 아는 놈이 맨날 TV만 보니?"

"에라, 모르겠어요. 그럼 나랑 온종일 놀아주시던가요."

내 자세가 어때서요? 나만 편하면 됐죠!

손바닥 텃밭의 채소 부자

지난주 담근 깻잎장아찌는 어제 모두 나눔 했어요.
오늘 다시 장아찌를 담급니다.

요즘 배춧값이 장난 아니더군요.
지난주 뽑은 배추는 나눔하고,
이번 주 뽑은 배추는 김치 담급니다.

꽈리고추도 한 바구니 땄어요.
이것도 장아찌 담급니다.

벌써 고추가 빨개져요.
빨간 고추 한주먹 따다가 김치에 넣을 거예요.

자색 고추는 된장이나 고추장 찍어 먹음 달콤해요.
할라페뇨 고추도 어김없이 탐스럽게 컸어요.
할라페뇨 고추는 피클 담가야죠.

아침에 기상하여 옥수수 한 개 먹고,
손바닥 텃밭에서 시간 보내고,

엄마 놀리는 재미가 좋다냥~

점심에 감자 부침개 해 먹고,
다시 밭에서 시간 보내고,

저녁밥 해 먹고,
김치 담그고, 장아찌 담그고.

“이렇게 온종일 서 있어서 내 다리가 두꺼운가 봐.”

“엄마는 원래 두꺼우세요.”

“나쁜 테오!”

내일은 온종일 앉아 있어야겠어요.
그럼 다리가 가늘어지겠죠?

여자의 일생

모파상의 소설이죠.

소설은 현실에도 존재합니다.

아침에 줌바 댄스로 정신 차리고,

곧바로 오전 일과를 외부에서 진행했어요.

점심은 남겨진 치킨으로 대충 때우고, 곧바로 상담.

잠시 집 들러 이것저것 정리하고, 여기저기 통화.

다시 상담.

상담은 8시 30분에 끝났지만, 저녁 식사 챙기고, 오이소박이 담그고

이제 앉았어요.

지금부터 옥수수 알맹이 따야 해요.

"테오야, 너는 아느냐? 여자의 일생."

"엄마, 난 노는 것밖에 몰라요. 밖에 있는 애들이 같이 놀자고 불러요."

참을 수가 없도록 이 가슴이 아파도

여자이기 때문에 말 한마디 못 하고

헤아릴 수 없는 설움 혼자 지닌 채

고달픈 인생길을 허덕이면서

아아 참아야 한다기에

눈물로 보냅니다

여자의 일생

엄마가 일 잘하시나 지켜볼 거예요.

비 오는 날

주룩주룩

주룩주룩

비가 오는데 어디 가세요?

나는 상담하러 갑니다.

아침에 나오려니 비 노래가 입에서 맴돌아요.

천하태평 상팔자 테오는 비가 오는 날이면 어김없이 창밖을 바라봅니다.

도대체 무슨 생각을 할까요?

묘생 무상, 삶의 회의

"엄마 다녀올게."

"저는 자야겠어요. 불 끄고 나가세요. 눈부셔요."

"오냐, 테오야. 다른 생각하지 말고 실컷 자라."

어제는 테오가 자기 꼬추를 들여다 보고 있었어요.
당최 저 녀석의 속마음을 알 수 없네요.

테오도 상담이 필요해요

하이고 후덥지근하다.

“이렇게 누워보세요. 그럼 시원해요.”

“배운 놈이 그게 뭐냐?”

“그럼 요렇게 누워 있을까요?”

천하태평 상팔자 테오가 아침부터 엄마 발목을 잡습니다.
태오만 들여다 보고 있으면 세상 시름일 다 잊습니다.

Q. 지난주부터 테오가 그동안 사용하던 화장실을 사용하지 않아요. 화장실 바닥에 응가를 해요. 쉬는 하루 1번만 눠요.
왜 그럴까요?
내가 상담이 필요한 건지, 테오가 상담이 필요한 건지 모르겠어요.

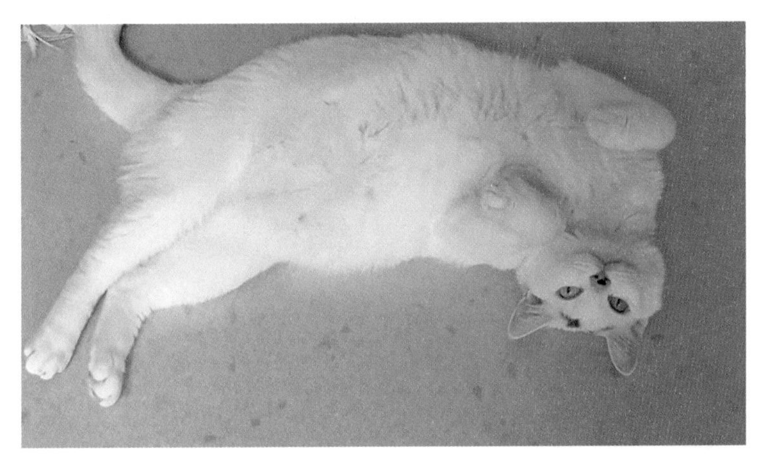

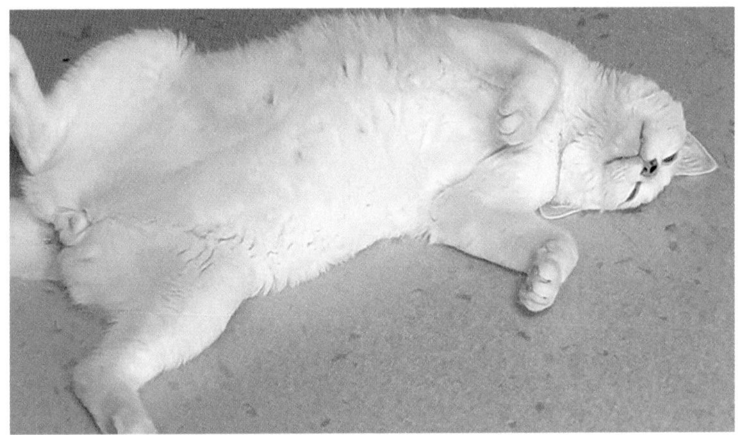

요렇게 요렇게 누워보세요.

오늘도 비

이슬비 내리는 이른 아침에
우산 셋이 나란히 걸어갑니다
빨간 우산, 파란 우산, 찢어진 우산.

비 오는 날이면 흥얼거려 봅니다.
국민학교 다닐 무렵,
야박한 엄마에게 새 우산을 얻는 건 불가능했습니다.
난 늘 찢어지거나 시꺼먼 낡은 우산뿐이었어요.

하굣길에 비라도 올라치면 애써 혼자 집에 가려고 친구들을 피했어요.
비가 내리는데 찢어진 우산을 쓰는 것이 싫어서 내리는 비를 맞으며 집엘 갔어요.
남들에게 초라한 모습을 보여주기 싫었나 봐요.
근데 엄마는 내가 비 맞고 집에 온 것도 몰랐어요.
관심이 없었던 거죠.

"엄마, 비 오는 날엔 늘어지게 낮잠을 주무세요."

"테오야, 맨날 잠만 자면 허리 다친다."

"나는 허리 쓸데도 없는데요."

문득 테오의 과거가 떠오릅니다.

테오가 행복했으면 좋겠네요.

비 오는 날엔 낮잠이 최고죠.

에구 허리야~ 너무 누워만 있었나 봐요.

소나기

비가 온다.
또 온다.
많이 온다.
너무 온다.

테오가 나가자고 보챕니다.

"테오야, 비 올 때는 집구석에 있어야 하는 거야."

"그래도 나가봐요. 엄마."

"그래, 비 구경이나 하자."

"엄마, 내 친구들은 어디 갔을까요?"

"집에 들어앉았겠지."

"걔들은 집에서 뭐 할까요?"

"가족계획 세우겠지."

"아, 그럼 나도 집에 들어가서 가족계획 세워야겠네요."

"넌 안 된다."

"왜요? 왜요? 왜냐구요?"

비 구경해요…. 비가 계속 내리네요.

비 맞으며 농사

당최 멈추지 않는 비를 맞으며 손바닥 텃밭에 갔어요.

눈물이 납니다.
열심히 키운 작물들이 비를 많이 맞아서 병들어가요.
가지, 오이, 쌈채, 토마토는 그렇다 치지만.
일년내내 두고 먹을 고추가 많이 안 좋아요.
긴 비에 맥을 못 추고 병들어 있어요.
빨갛게 물들어가던 고추들이 뚝뚝 비처럼 떨어집니다.
땅에 곤두박질치는 모습을 보자니 가슴이 아픕니다.

또 비가 쏟아져요.
올해 고추 농사는 포기해야 하나 봅니다.

“엄마, 비는 언제 그쳐요?”

“내가 어찌 아니? 수백(천?)억씩 받아먹는 기상청도 모르는 것을… 에효.”

“엄마가 한숨 쉬니까 제가 슬퍼요. 그냥 저는 잠이나 자야겠어요.”

손바닥 텃밭 농부의 시름이 깊어갑니다.

엄마, 그렇게 힘든 농사는 왜 짓는 건가요?

비 때문에 고추 색이 곱지 않아요. 그래도 포기할 수 없죠.

피해자 상담은 끝이 없어요

밤 11시 15분까지 상담을 했어요.
오전에 회의하고, 오후에 경찰청 다녀오고, 기자 만나고, 또 회의하고,
상담하고…

저녁도 못 먹고 상담하러 올 그녀를 먹이려고 샌드위치를 준비했어요.
그녀는 우느라 샌드위치를 먹지 못하더라고요.

나도 이제야 샌드위치 한 개를 먹으려 해요.
그녀의 사연에 가슴이 아파 먹히질 않아요.
내 능력이 미약하여 그녀의 눈물을 다 닦아주지 못해 미안해요.
부디 마음 평안해지길 이 밤에 기도합니다.

집에 들어오니 테오는 잠들었네요.

"엄마, 일찍 들어오셔야죠. 눈부시니까 불 꺼주세요."

"미안하다, 테오야. 엄마가 너무 늦었네."

불 꺼주세요….

일찍 일찍 들어오세요

8월 긴 장마가 깨우침을 주었다

자연 앞 인간의 한계.
인력의 미력함.
태양의 위대함.
물의 위대함.

토마토도 부실하고, 오이도 부실하고, 가지도 부실하고, 고추는 형편없어요.

"엄마, 그럴 땐 다 잊고 쉬세요."

비가 올 땐 집 안에서 쥐 잡으며 노는 게 최고!

팔자 편한 테오가 나를 위로한답시고 눈을 깜빡깜빡하며 옹알거려요.

밖엔 다시 천둥이 칩니다.
코로나 땜에 밖에 못 나가고.
비 땜에 밖에 못 나가고.
당분간 상담도 몸 사리며 해야겠어요.

"테오야! 놀자!"

임기응변 아니면 궁여지책

긴 장마로 손바닥 텃밭에 타격이 큽니다.

반짝 비치는 햇살 덕분에 건진 오이로 소박이를 담그려고 부추를 사러 갑니다.
손바닥 텃밭의 부추는 보잘것 없어서요.

아이고 부추 한 단에 7,900원.
부추는 포기했어요.

집에 뭐가 있더라.
무안산 자색 양파랑 사과로 채를 썰어서 소를 버무렸어요.
궁여지책!
나름 맛있어 보입니다.
꿀은 저래도 인삼 진액이랑 생강청을 들이붓고 만든 겁니다.

테오가 참견을 합니다.

"엄마, 누구랑 카톡 해요?"

"몰라도 돼."

참견은 나의 큰 취미. 뭐하냥?

"엄마, 어른으로서 자라는 아이에게 할 말이 아니죠."

"미안하다, 테오야. 엄마가 요즘 황망한 일이 많아서 그랬다."

"핑계 대지 마세요."

"너도 어른 하시는 일에 너무 참견하지 마라."

"이제 앞으로는 서로 참견하지 말기로 해요."

"아니, 뭐 그럴 것까지야 없지 않겠니?"

"힝!"

테오가 삐졌나 봅니다.
테오 마음 풀어줘야 해서 이만!

사냥

테오는 가끔 사냥을 합니다.
새를 보면 채터링도 합니다.

테오가 30분째 현관에서 뭔가 뒤적거리더니
밥값을 한다며, 바퀴를 잡았지 뭐예요.

다음은 테오가 바퀴를 사냥하는 방법입니다.

1. 잡는다.
2. 도망가면 재빨리 잡아다 자기 앞에 놓는다.
3. 집요하게 들여다본다.
4. 감시하며 절대 놓치지 않는다.
5. 도망가면 다시 잡아다 놓고 들여다본다.
6. 다시 탈출을 시도하면 다리를 모두 떼놓는다.

해체 쇼 해놓고,
테오는 자랑하듯 방문 앞에 갖다 놓고 낮잠을 자러 갔네요.
바퀴를 잡은 건 칭찬해야 할 거 같은데….

바퀴는 엄마가 잡을 테니 넌 장난감 가지고 놀렴!

오늘은 뽀뽀하기 전에 테오의 입을 씻어줘야겠네요.

왜요? 무슨 일 있나요?

고구마

먹고 싶어서 온라인 주문을 했어요.
받아보니 작아요.
작아도 너무 작아요.
내 밭에서 키운 거라면 버렸을 크기에요.
왠지 서글퍼져요.
이걸 쪄먹기도 그렇고, 구워 먹기도 그렇고, 버리기도 그렇고…

요즘 테오가 화장실 모래로 장난질이 심해요.
엄마가 없는 동안에는 화장실 출입을 삼가다가
엄마가 나타나면 한 시간에 한 번꼴로 들락거려요.

"엄마, 치워주세요. 빨리 치워주세요."

"이놈아, 엄마가 네 똥이나 치우는 사람으로 보이냐?"

"몰라요. 치워주세요. 빨리요."

"내가 남의 새끼 똥까지 치워야 하니?"

아무래도 가족이 들어오면 그제야 안심이 돼서 참았던 배변을 하나 봅니다.

겁이 많은 건지, 똑똑한 건지, 조심스러운 건지…

얼른 치워줘요! 테오는 깔끔냥이에요.

상속

장마 뒤 맷돌 호박 2개가 덩그러니 잔디밭을 차지하고 있어요.

깻잎은 매주 풍성하게 자라 있어 차곡차곡 장아찌를 담아 먹고 있어요.
어린 고구마 쪄서 심심풀이 간식으로 먹으며 깻잎을 정리해요.

내 인생도 한겹 한겹 정리해 가고 있어요.
반생을 살았으니 이젠 정리하며 살아가야 할 것 같아서요.

"엄마, 나한테는 뭘 남겨주실 건가요?"

"아직 그 정도는 아닌 것 같은데."

"아니에요. 하루를 모르는 거예요."

"네 이놈. 고얀 녀석. 아직 엄마가 시퍼렇게 살아 있는데 벌써 그런 말을 하니?"

믿을 놈 하나도 없나 봅니다.

엄마, 저도 자식이라는 거 잊지 마세요.

장마

새벽 비가 주룩주룩 철길을 적시네
새벽 비가 주룩주룩 지붕을 적시네

아침에 운동하러 나와보니,
섬의 일부는 이미 잠겼어요.
발길을 돌려서 반대 방향으로 돌았어요.

두루미도 보이네요.
혼자 생각에 빠져 있나 봅니다.

그래도 이 비를 견디고 아기 사과는 조랑조랑 매달려 있네요.
우리도 태풍과 바이러스를 견디고 잘 살아남아 봅시다!!
서둘러 집을 나서는데 테오가 발목을 잡습니다.

"엄마, 비 오면 나가지 마세요."

"처리할 일을 두고 집에만 있으면 어떻게 하니?"

"어차피 돈도 못 버시잖아요."

"할 말이 없을 것 같지만 한마디 하자면, 돈 못 벌어도 중요한 일은 해야 하는 거란다."

오랜만에 비가 그쳤어요.

장대비

여기저기 침수랍니다.
오늘도 운동하러 나와서 세 번이나 발걸음을 돌려 오르락내리락 헤맸어요.
섬에는 토끼랑 새들은 흔한데 뱀은 못 봤어요.
그래도 조심하라니까, 다음부터는 장화를 신고 다녀야 할까 봐요.

아침저녁으로 갑자기 서늘해졌어요.
절기는 속일 수 없나 봅니다.
정확히 가을이 다가온 것 같아요.

"엄마, 밤에 잘 때는 서늘해요."

"추우면 이불 줄까?"

"네. 예쁜 이불 덮어주세요."

다가오는 큰 태풍이 걱정됩니다.
모든 분 무사하시길 바랍니다.
길에 사는 냥아치들도 무사하길 바랍니다.

저에게 고양이 이불을 주세요.

아동들을 위해 후원

초록우산어린이재단에서 아동들을 위한 후원 물품을 보냈습니다.
간편식이 몇 가지 들어있어요.
상자를 열어보지 않아 정확한 물품은 모릅니다.

내일부터 열심히 나눔 해야죠.
100상자 옮기느라 배송하느라 바쁘겠지만
나의 기쁨입니다.
초록우산, 고마워요.

“엄마 추워요. 이불 덮어주세요.”

“엄살 부리지 마.”

“왜 매일 비가 오고, 벌써 찬 바람이 불어요?”

“난들 알겠니. 전문가들도 모르는데.”

“기상청에 물어볼까요?”

“아니, 믿지 못해.”

유난히 비가 많은 2020년이네요.

내일은 해가 떠서 테오도 산책을 즐길 수 있길 바라봅니다.

엄마는 항상 바빠서 얼굴 보기가 힘들어요.

제5회 대한민국 범죄예방 대상 경찰청장 표창

"테오야, 엄마 표창장 받는다."

"정말요?"

"왜 그렇게 놀라?"

"우와! 엄마 대단하세요."

"고맙다."

제5회 대한민국 범죄예방 대상 경찰청장 표창을 받게 되었습니다.
피해자 지원에 더욱 열심히 노력하라는 의미 같습니다.

오늘 밤 '궁금한 이야기 y'
내일 밤 '그것이 알고 싶다'
잠깐 얼굴 비출 예정입니다.

정말요?

피해자들과 후원자들께 드릴 추석 선물

며칠째 밤마다 복숭아잼을 만들고 있어요.
오늘은 청귤청을 만들었어요.

아침에 일어나서 운동 및 산책,
오전 오후엔 업무를 보고,
밤엔 업무 정리 후 잼 만들기…
내가 봐도 참 정성도 가지가지 합니다.
졸려요.
팔도 아파요.
어깨도 아파요.

모기떼는 극성을 부리며 흡혈을 해대요.
'썩 물렀거라, 드라큘라들아!'

낼 아침에 내 피부는 10년 더 늙어 보일 것 같아요
받는 분들은 이내 정성을 헤아릴까요?

"그러니까 엄마, 인제 그만 주무세요."
"나도 너처럼 쿨쿨 잘 수 있으면 좋겠다, 테오야."
"엄마, 가족들에게 그렇게 정성을 쏟아부어 보세요."

"전에 많이 쏟아부었는데…"
"그럼 이제 저에게 쏟아부으시던가요."

놀아달라고 앵앵대는 테오까지 돌보려니 팔이 열 개라도 부족합니다.

복숭아잼과의 전쟁

"엄마, 꿈에 복숭아가 나타날 것 같아요."

"미안해. 곧 끝날 거야."

"엄마, 업종 변경했나요? 이제 잼 사업하시게요?"

"선물할 건데."

"그렇게 정성껏 만든 잼으로 장사하면 우리 부자 될 것 같아요."

어제까지 만든 복숭아잼으론 부족하여, 오늘 10박스 또 들여놨어요.
농장에서 직배송 받은 복숭아입니다.

아이코, 나의 최애 과일이 복숭아였는데….
이젠 바뀔 것 같아요.
안 먹고 싶어져요.
내 몸에선 복숭아 향이 풀풀 풍겨요.
매일 밤 몇 시간씩 서서 씻고, 까고, 썰고, 휘젓고 했더니,
다리가 퉁퉁 부었네요.

“엄마, 원래 통통하세요.”

“더 통통해졌다고, 얄미운 고양이야.”

그나저나 테오도 점점 통통해지네요.

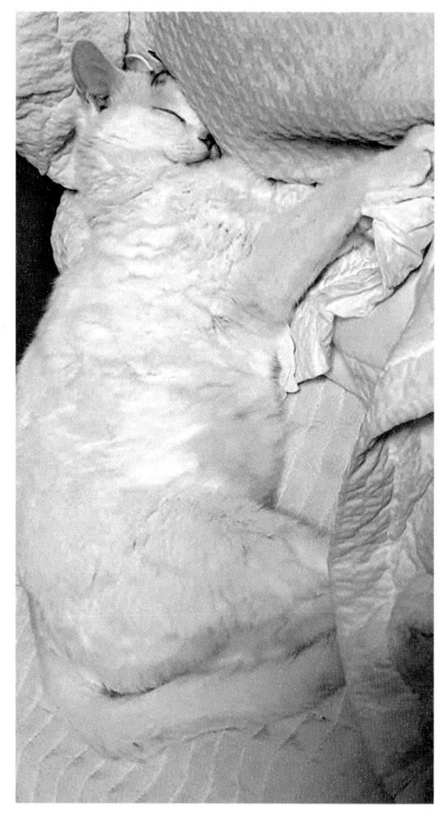

자는 사람 뒷담화 하기 없기에요.

밤 줍기

시골에선 벌써 햇밤이 떨어져요.

잠시 주웠는데 제법 많아요.
더 줍고 싶어도, 허리 길고 다리 없는 애들 때문에 포기했어요.
여기 애들은 대가리가 세모에요.
물리면 아픈 게 아니고, 죽는데요!

시골집 터주대감 치즈냥이는 옆을 지나가도 아랑곳 안 합니다.
근처까지 가도 당당하게 식빵을 구워요.
실은 밥 내놓으라고 시위하는 겁니다.
아주 뻔뻔하기 이를 데 없습니다.

테오는 밖에 있는 친구들과 놀고 싶어 안달이 났어요.

"엄마, 나도 나가서 놀고 싶어요."

"테오야, 넌 나가면 사망이다."

"허락 안 하시면, 몰래 나갈 거예요."

"집 나가면 개고생이다."

테오는 겁이 많아 나가지도 못할 거예요.
겁만보 테오!

저도 다 컸어요. 아기 취급하지 마시고 내려놔 주세요!

다이어트

"엄마, 추석 지나고 뱃살이 늘어나신 것 같아요."

"네 뱃살을 알라!"

"놀리지 마세요. 인격이 늘어난 거예요. 그리고 고양이는 점프해야 해서 원시 주머니가 필요해요."

"엄마랑 산책하러 가자."

"애들은 잘 자야 키 큰데요. 저는 잠이나 잘래요."

게으른 테오는 빼놓고…
추석 연휴에 늘어난 지방을 태우기 위해, 다 같이 돌자 동네 한 바퀴!
모과도 향기롭게 익어 갑니다.

갑자기 조석으로 추워졌어요.
모두 겉옷 챙기세요.

형아, 내가 정말 돼지야?

이삭줍기

올해 밤 줍기 마감이에요.
극성스러운 사람들이 다 주워갔어요.
조금씩 나눠 가지는 정도를 넘어, 새벽에 와서 차를 세워놓고 온종일 밤을 싹쓸이해갑니다.
나는 해마다 이삭만 줍습니다.

올해는 밤이 유난히 작아요.
남 주기도 민망하지만, 그래도 나눠줄 겁니다.

놀면 뭐 하니?
밤 까고 있어요.
밥에 둬 먹으려고요.

테오는 자꾸 땅을 밟고 싶어 해요.
말렸더니 삐져서 인상 팍 쓰고 있습니다.

"엄마, 미워요."

"왜?"

밥 줄 때까지 식빵이나 굽겠습니다.

"엄마는 하루 종일 밖에 돌아다니면서 나는 못 나가게 하시잖아요."

"그럼 내일부터 네가 밭일하거라."

"그게 아니잖아요. 아이들은 나가서 씩씩하게 뛰어놀아야 한다고요."

"집에서 뛰어놀면 되지."

"엄마, 쟤네들은 밖에서 놀잖아요."

"걔들은 너랑 신분이 달라. 쟤들은 집안에 못 들어오는 신분이라 밖에서 노는 거야."

"그런 거예요?"

"그럼."

테오를 설득하느라 진땀을 뺐습니다.

아픔은 나누면 반

하늘도 높고
소망도 높고
벽도 높다.

내가 피해자 지원을 멈출 수 없는 이유 중 하나는
작은 꽃처럼 무시당하는 그들의 아픔 때문입니다.

나조차도 높은 분 만나기 어렵고,
나조차도 높은 분께 무시당하고,
나조차도 어디 하소연할 데 없다 보니…
힘들 때 누가 옆에서 손만 잡아줘도 고맙더라고요.

작은 메밀꽃이 피었어요.
지금이 메밀꽃 필 무렵이란 걸
작은 메밀꽃을 보고서야 알게 되었어요.
작은 것도 소중한 것이죠!

"엄마, 나도 소중한 존재인가요?"

"당연하지. 소중하니까 엄마가 매일 뽀뽀해주지."

"아빠는 안 소중해요? 뽀뽀 안 해주시잖아요."

"옛날에 많이 해줘서 이젠 안 해줘도 돼."

"아, 그렇구나. 뽀뽀는 저축해 놓고 빼먹는 거구나."

작다고 무시하지 마세요. 메밀꽃도 꽃이랍니다.

할 일은 많고, 손은 두 개뿐이고

서류 정리를 하다 보니 다리가 너무 추워요.
잠은 극복하겠는데, 추위는 못 참겠어요.

할 일이 왜 이렇게 많은지….

기부받은 물품 정리,
후원자 발굴,
교육 준비,
남의 단체 서류 검토,
후원자를 위한 선물 준비,
그리다 미뤄둔 모란도와 곽분양도,
화장품도 만들어야 해요.
그리고 상담, 상담, 또 상담…….
대추고도 만들어야 하는데 언제 만들지 모르겠어요.

"엄마는 바보. 나 같으면 집어 던질 거예요."

테오가 나를 한심한 듯 바라봅니다.

내 손이라도 빌려 드릴게요.

고춧잎 따기

온종일 땄습니다.
고춧잎은 98% 나눔을 합니다.

중노동에 시달리는데, 청개구리 한 마리가 위로해주러 왔네요.

"청꼬마야, 네가 존재한다는 건 아직도 뱀이 돌아다닌다는 증거다."

"엄마, 뱀은 나에게 맡기라니까요."

"그러다 다친다."

"걱정하지 마세요. 제가 고양이입니다. 엄마가 밥값 하며 살아야 한다면서요."

"그냥 벌레나 잡으세요."

저녁 기운이 더 차게 느껴졌습니다.
없는 사람은 추위가 무섭답니다.
전기료와 가스비.

밖에 앉아 있기도 힘든 계절이 다가옵니다.

그래도 힘냅시다!

뱀은 제게 맡기세요! 근데 일어나기가 귀찮네요.

찬바람

쎄쎄쎄
아침 바람 찬바람에
울고 가는 저 기러기
우리 선생 계실 적에
엽서 한 장 써주세요.

어릴 적에 이러며 놀았죠.
추운 날이면 아랫목 이불 속에 발 넣고 동그랗게 모여 앉아서.

오늘 아침 섬에는 아무도 안 보여요.
덕분에 나 홀로 섬 한 바퀴 돌았죠.
메밀꽃은 여전히 활짝 피어 있어요.

시골에선 집으로 들어오려다 쫓겨난 도롱뇽 커플이 있었어요.
추워지니 훈기를 찾아 들어오려 했나 봐요.

"춥다고 집안에 들어오면 죽는다. 얼른 네 집으로 가거라."

10월도 끝나 가네요. 근데 핼러윈 기념 간식은 없냥?

“엄마, 재들도 우리 집에서 살라고 하시지요.”

“도롱뇽은 집안에 들어오면 말라 죽는다.”

“아, 모두 집에 들어올 수 있는 것이 아니구나.”

“그럼. 모두 각자 살 곳이 정해져 있단다. 도롱뇽은 이제 겨울잠 자러 들어가야 해.”

고추부각

고춧대 거두며
고춧잎은 나물을 하라고 나눔하고,
초록 고추 일부는 초록 고춧가루 만들고,
일부는 장아찌 하라고 나눠주고,
일부는 부각으로 만들어요.

고추부각,
참 고소하며 매웁기도 한데, 암튼 맛있습니다.

지난주에 만든 건 이미 나눔 끝.
마지막 부각을 휘리릭 튀겨요

야식으로 먹으면….
고추는 살 안 쪄요.
살은 내가 쪄요.

"엄마, 나는 고추부각 안 먹었는데 왜 살이 찔까요?"

"뭐든 많이 먹으면 살이 찌는 거란다."

내일부터 밥을 끊을까요?

"그럼 내일부터 밥을 굶을까요?"

"크는 애가 밥을 안 먹으면 큰일 난다."

"참 어렵네요."

13일의 금요일

서양에선 13일의 금요일을 엄청나게 두려워해서 몸조심한다는데.
나는 좋은 사람만 만난 하루였어요.

오랜만에 광화문에서 숭례문까지 걸었어요.
걷다 보니 수문장 교대식인가를 해요.
나름 멋져요.

테오에게 13일의 금요일은 무서운 날이라고 알려줬더니, 엄청나게 놀래요.

"13일의 금요일에는 귀신이 나타나서 말 안 듣는 고양이들을 다 잡아간단다."

"엄마, 정말요?"

"그럼."

"이제 엄마 말 잘 들을게요."

테오 없다고 하세요.

테오 놀려먹는 재미가 쏠쏠합니다.

정말이에요?

비 온 뒤 상쾌함

치마 두른 장미꽃은 시절도 모르고 기승을 부려요.
담쟁이는 시멘트 담벼락을 불태우고 있어요.
지는 해가 뜨는 해보다 더 붉듯이,
가을은 봄보다 진한 색으로 요란을 떱니다.

다 소용없는데.
다 부질없는데.

벗은 나무도 멋질 수 있구나 싶어,
홀랑 벗은 채 떡 버티고 섯는 나무 하나 올려봅니다.

우리 집 테오는 여전히 태평성대를 누립니다.
테오 팔자 상팔자!

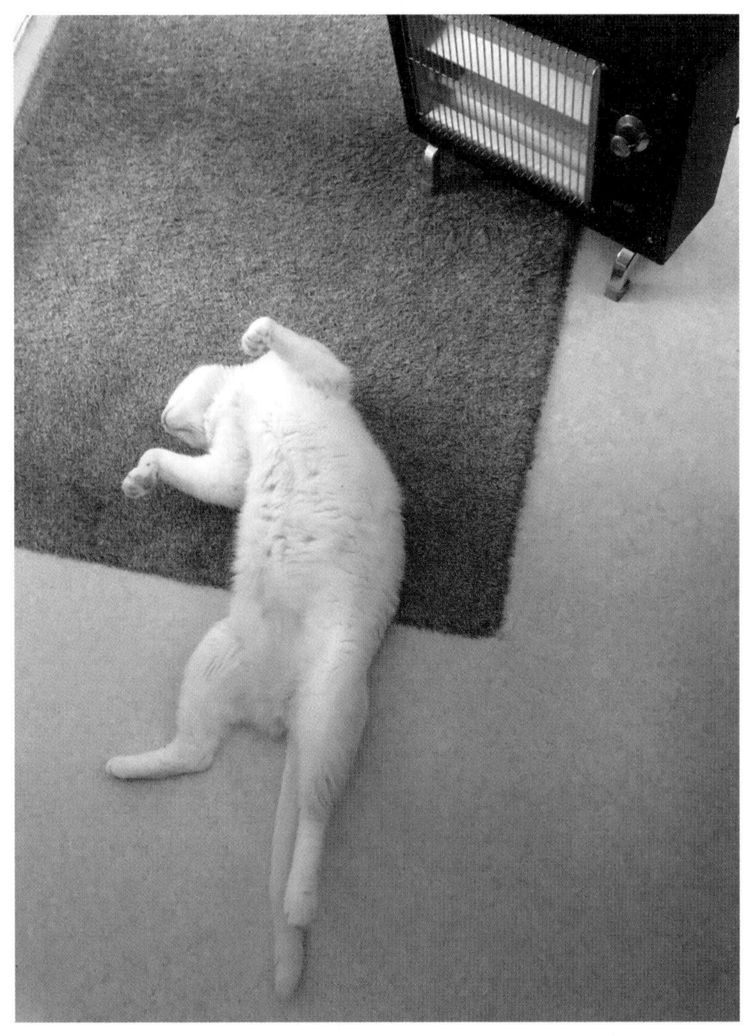

추운 날씨에 히터 앞에 누우면 온몸이 노긋노긋…

김장

올해는 배추가 적어 반은 보쌈김치를 했어요.
보쌈김치, 손이 많이 갑니다만 맛은 고급스럽지요.
보쌈김치 담그는 방법은 개성이 고향이신 아버지에게 배웠습니다.
보쌈김치를 담글 때마다 아버지 생각이 납니다.

갓김치, 깍두기도 담갔습니다.
간식으로 호박죽을 쑤었어요.
김장 무사히 끝!

테오는 김장하는 데 왔다 갔다 참견을 합니다.

"나도 돕고 싶어요."

"아냐. 너는 구경만 하면 돼."

"저도 속을 버무리면 어떨까요?"

"너는 잘 놀기만 하면 돼."

엄마는 나만 미워해~

"그럼 배춧속을 넣을게요."

"저리 가서 혼자 노는 게 돕는 거란다."

"에잉~ 나만 빼놓고 김장하면 나는 심심하잖아요."

어린애 데리고 김장하는 것이 이렇게 힘이 듭니다.

---

* **보쌈김치** : *커다란 배춧잎에 파, 마늘, 생강, 고추 등을 채 썰어 넣고 배와 밤, 대추 등의 온갖 과일은 물론이고 낙지나 마른 북어와 같은 해산물을 얹어 보자기처럼 싸놓은 후 익혀 먹는 김치가 보쌈김치다. 궁중에서 만들어 수라상에 올렸는데, 개성 김치가 적합하여 개성 부자들이 많이 만들어 먹었다고 한다. 필자는 개인적으로 아버지께서 개성분이셔서 어린 시절부터 김장할 때마다 보쌈김치를 만들어 먹었다.*

세월은 그렇게 흘러 여기까지 왔는데

가을이라더니,
너무 추워져서 겨울이라 불러야겠어요.
그리고 또 다른 이름의 계절이 반복되겠죠.
다음 가을이 있을지 없을지 아무도 모릅니다.
그래서 이번 가을이 더 소중한가 봐요.

김장하고 남은 미나리 자투리를 모아 수경재배 하려고요.
2~3일 만에 요렇게 미나리가 올라왔어요.
신통방통해요.
미나리가 자라면 뭐 해 먹을까 고민 중입니다.

곧 테오를 집으로 데려온 1주년이 되네요.
생일도 아닌데, 굳이 케이크를 사줘야 하나 생각 중입니다.
그냥 선물 하나 사주고 때워도 될까요?

"엄마, 나는 생일이 언제인가요?"

"몰라."

내 출생의 비밀이 뭐길래 묘생 역전일까?

"엄마가 아들 생일도 모르세요?"

"내가 낳은 아들이 아니니까 모르지."

"그럴 수가 있어요? 그럼 저는 고아예요?"

"뭐~ 그렇다고 봐야겠지."

"나의 생모를 찾아주세요."

큰일이에요.
테오가 출생의 비밀을 알아버렸어요.
열심히 설득해야겠어요.
낳아준 정도 중요하지만, 키워준 정도 소중한 거라고요.

천연 수제 비누 만들기

어젯밤 꼬박 새우고
오전에 강의 다녀오고
가족과 쇼핑하고
오후에 비누 만들고 있어요.
총 12킬로 만들어 숙성 중이에요.
과연 어떤 비누가 만들어질지 궁금합니다.

"엄마, 나처럼 편하게 사세요."

"그래. 네가 부러울 때가 있다."

"부지런 떨어봐야 자신만 손해에요."

"엄마는 그래도 할 건 해야겠다."

"고생을 찾아서 하시네요."

테오 팔자는 상팔자, 테오는 스스로 상팔자를 만들어 가는 것 같아요.
그럼 나는 뭐죠?

엄마는 열심히 비누를 만드는 동안, 난 맥북으로 유튜브 영상을 봐야지!

바비큐 파티

올해가 가기 전, 가족들과 모여서 바비큐 파티를 해요.

안심을 여러 가지 재료로 1시간 넘게 훈제했어요.
그릴에 향이 잘 나도록 사과나무를 넣은 뒤,
온도와 시간을 잘 봐가며 구워줍니다.

고기를 레스팅 한 뒤 먹으면 정말 부드럽고 감칠맛이 좋습니다.
정성껏 담근 김장김치를 곁들여 먹었죠.
양파, 감자, 소시지, 파인애플도 구워 먹었습니다.

시골집에서 고기를 굽고 있으면 어김없이 냄새를 맡고 냥이들이 와서 자기들도 달라고 시위를 합니다.
고기 하나 툭 던져주면 맛있게 먹고 더 달라고 눈을 깜빡거립니다.
우리 테오는 맛있는 고기를 줘도 냄새만 맡고 안 먹는데 말이죠.

오랜만에 가족 모두 모여 즐거운 담소를 나누었습니다.
상담을 진행하다 보면 가족끼리의 좋은 추억이 정말 소중하다는 걸 깊이 느낍니다.

추위를 많이 타는 테오는 춥다며 홀랑 집으로 들어가 버렸어요.
나도 테오 이불 덮어주러 들어가야겠어요.

사랑합니다, 모두.

테오는 고기 굽는 거 구경만 했답니다!

소크라테스

아무도 없는 이 길을
혼자서 말없이 걷고 있네.

한강에 두둥실 떠다녀야 할 오리배들은 붙잡혀 들어앉았고,
나뭇잎은 말라 스르륵 바람에 부대끼고 있어요.

여전히 철딱서니 없는 장미는 주책을 떨며 꽃을 피우고 있고,
코로나는 잡히지 않고 있어요.
모두 시름이 깊어집니다.

테스형,
세상이 왜 이래??
아, 테스형,
세상이 왜 이러냐고요??

"엄마, 그걸 알면 테스형이 국회의원 하겠죠."

"테오야, 네가 세상 이치를 아는구나!"

사랑이 무엇인지 아픔이 무엇인지 아직 알 순 없지만….

가지치기

해마다 이맘때면 가지치기를 해요.
가지를 치며 소중한 걸 깨우쳤어요.
가지치기의 중요함.

인생사도 같아요.
불필요한 인간관계도 쳐내야 편해요.
불필요한 근심·걱정도 쳐내야 편해요.
과한 욕심도 쳐내야 편해요.

쳐낸 가지는 겨우내 벽난로의 연료가 되지요.
불 피우며 고구마 구워 먹을 생각에 신이 납니다.

비 맞으며 가지치기를 하다 문득 나무들을 바라봤습니다.
엄청나게 커서 사다리 타고 올라가 아래쪽 가지만 겨우 쳐냅니다.
이 나무들은 비만 먹고 사는데 왜 이렇게 잘 자라나 몰라요.

"엄마도 비 맞아 보세요. 키 좀 더 크게요."

"엄마 키가 어때서?"

"우리 가족 중에 제일 작으시잖아요."

"네가 제일 작잖아?"

"저는 아직 어리잖아요. 엄마도 참!"

나도 비를 맞아야 할까요?

인생의 가지치기도 중요합니다….

색동비누

시원한 파란 꽃 비누
레이스와 마블의 콜라보 비누
향기로운 장미꽃 비누
금테 두른 청대 말 비누
다채로운 그러데이션 비누

설 선물을 위해 매일 비누를 만듭니다.
숙성하느라 비누가 온 집안의 안전한 장소를 차지하고 있습니다.
당근마켓에서 구매한 온장고는 오자마자 열일 중입니다.

"엄마 그만하시고 나랑 놀아주세요."

"그래. 조금만 기다려주라."

"안 놀아주시면 비누 망칠 거예요."

테오가 놀아달라고 옆에 붙어 앉아 앙앙거리며 졸라요.
재료도 떨어져 가고,
온몸이 다 아파요.

삭신이 쑤십니다.

조만간 비누 제작을 마감해야겠습니다.

우리 집엔 기름이 한 방울도 없어요

비누를 만들다 보니
아껴둔 기름까지 모두 비누를 만드는 데 사용했어요.
화장품 만들려고 비싼 기름 사둔 것도 모두 비누를 만들었어요.

이젠 달걀부침도 못 해 먹어요.
이젠 화장품에 첨가할 기름도 없어요.
덕분에 현관문을 열면 온 집안이 향기로 가득해요.
2주 후면 모든 비누는 내 품을 떠나.
피해자들과 감사한 분들 품에 안기겠죠.
완성된 비누를 보고 있노라면 뿌듯합니다.

"하이고, 기분 좋아라."

"엄마, 제발 고만하세요."

"그래. 어깨, 허리, 손목, 손가락… 근육통이야. 안 아픈 곳이 없구나."

"엄마는 미련곰탱이 같아요. 힘들면 그만하시지 뭘 그렇게 많이 만들어요?"

기름 한 방울 없이 이 겨울을 어떻게 지낼까요?

"선물할 정도는 만들어야지."

"원래는 그렇게 많이 안 만든다고 하셨잖아요?"

"만들다 보니, 주고 싶은 사람이 자꾸 늘더라고."

"우리 엄마는 아무도 못 말려요. 엄마가 짱구예요. 짱구는못말려!"

"그럼 너는 말릴 수 있는 오징어 할래?"

기도

크리스마스.
눈처럼 하얀 테오는 정작 눈이 무엇인지 몰라요.
눈을 밟더니 깜짝 놀라서 뛰어 들어와요.
테오에게 양말을 신겨줘야겠네요.

이 와중에 코로나 확진자가 1천 명이 넘었데요.
매일매일 상담이 많아요.
현명하게 코로나를 피해 상담할 방법을 궁리 중이에요.

1월에는 회복심리사 교육도 준비 중이에요.
걱정됩니다.
하루빨리 건강한 세상이 되길 기도합니다.

"엄마, 저도 기도할게요."

"우리 테오 참 착하구나."

"요렇게 손을 모으면 되나요?"

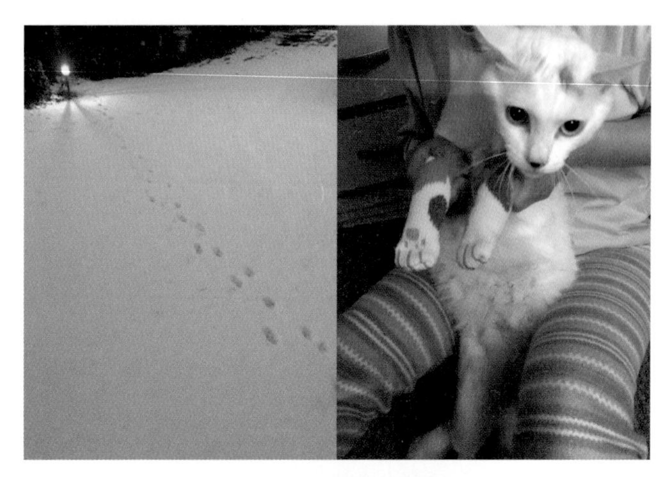

손을 이렇게 모으고 기도하다 보면… 잠이 오네요.

"그래. 그렇게 손을 모으고, 그런데 눈도 감아야 해."

"저는 눈을 감으면 바로 잠이 들기 때문에… 곤란해요."

"잠이 들면 꿈속에서 기도하면 된단다."

"그렇게 좋은 방법도 있군요. 역시 우리 엄마는 천재예요."

테오에게 칭찬을 들으니 기분이 마구 좋아집니다.

귤잼

여름마다 고민해요.
여름에도 귤을 먹을 수 있을까?
오렌지 말고 귤!

그리하야~
제주도에서 공수받은 무농약 귤 10킬로로 잼을 만들었어요.
박박 문질러 여러 번 닦은 귤을 까서 쪼개고 끓이고.

아차!
병이 부족하네요.
이젠 우리 집에 유리병이 한 개도 없어요.
한 병 빼고 나머지 나눔입니다.
선착순!

껍질은 잘 말려서 귤피차 만들고, 가루 내어
비누도 만들어요.
어깨에서 빠드득 소리가 나는 건 왜일까요?

"엄마, 그러다 우리 집에 남아나는 게 아무것도 없을 것 같아요."

"에이, 설마."

"이렇게 다 퍼주다가는 그럴 수도 있죠."

"엄마는 테오만 있으면 되는데?"

"저는 밥도 먹어야 하고요. 간식도 필요해요. 장난감도 사야 하고요. 그만 퍼 나르세요."

엄마, 나 먹을 건 남기고 퍼나르세요!

국제적 관점으로 피해자 상담해야죠

국내뿐만 아니라 미국, 필리핀, 중국 등 외국인 피해자분도 만납니다.

중국인 피해자분들과 친하게 지내다 보니 양꼬치, 마라탕 같은 중국 음식을 가끔 먹게 돼요.
미국소고기국수(우육면 정도)는 제법 맛이 좋아요.
그러나 '매운오리머리찜'
이건 먹기가 좀 그렇더라고요.

중국인 피해자였던 분이 선물을 보내주었어요.
바랬던 건 아니지만,
선물을 받으니 너무 좋아요.
이번엔 쌀국수를 보내주었어요.

쌀국수는 사발면처럼 생긴 게 먹기 정말 간편해요.
밑의 용기에 물을 부으면 위에 있는 국수가 끓어요.
캠핑 가서 먹으면 너무 좋을 것 같아요.

먹고 있자니 옆에서 테오가 참견하네요.
호기심이 많아서 뭘 먹든 꼭 보여줘야 직성이 풀립니다.

냄새만 맡고 곧 가지만요.

엄마, 이건 어느 나라 음식인가요?

이불 밖은 위험해

날씨가 제법 쌀쌀합니다.
또 눈이 올 거래요.
이렇게 추운 날엔 집콕이 좋아요.

무심코 침대에 앉으려다….
혹시나 해서 테오를 불러봤어요.

침대 한쪽 이불이 꿈틀해요.
테오는 누가 알려줬는지, 알아서 추우면 항상 이불 속으로 들어가 있어요.
테오는 '이불 밖은 위험해'를 적극 실천 중이에요.
테오가 이불에 들어가 있으면 아들은 전기장판까지 켜줍니다.

"엄마도 이불 속으로 들어오세요."

"엄마도 그러면 좋겠다."

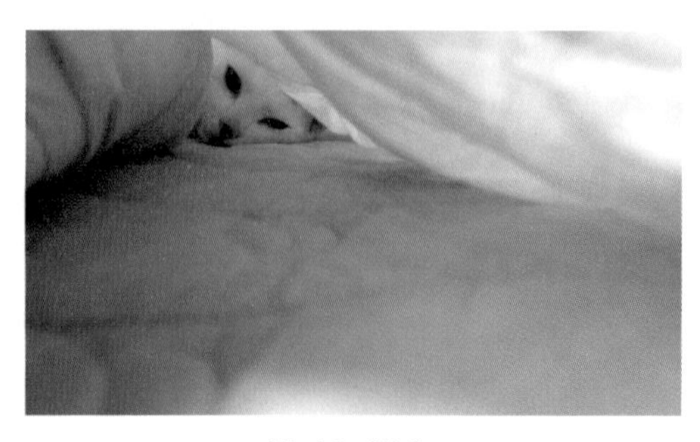

이불 밖은 위험해요.

형님, 등 따습고 배 부르니 부러울 게 없다냥.

얼음 둥둥

맨날 핑계 대며 운동을 거르다가….
오늘 아침은 포근하기에 길을 나섭니다.
누군가 이미 지나간 눈길.

운동화가 눈에 젖어요.
장화 신고 나올걸… 후회가 됩니다.

강에는 얼음이 둥둥 떠다닙니다.
얼음 밑엔 좋은 것만 가라앉길,
그래서 얼음 녹으면 좋은 것만 떠오르길 바라봅니다.
집에 오니 테오가 안 보입니다.

"못 찾겠다 꾀꼬리~ 꾀꼬리~ 꾀꼬리~~"

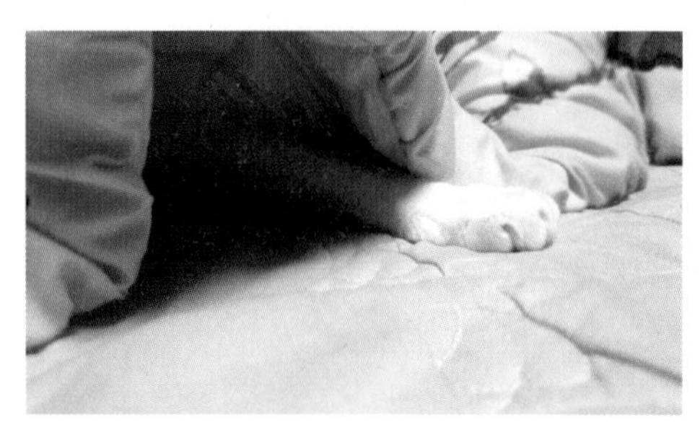

못 찾겠다 꾀꼬리!

"이불 밖은 위험하다니까요."

우울하면 치료받으세요

우울은…

사람의 마음, 정신, 몸을 갉아 먹습니다.

우울은…

사람을 무기력하게 눌러 앉힙니다.

우울은…

매사가 재미없고 흥미를 잃게 합니다.

우울은…

가슴 깊이 숨겨둔 부정적인 생각들을 끄집어 올립니다.

우울은…

이성을 마비시켜, 온통 감정적으로 생각을 이끌어 갑니다.

우울은…

지나치게 잠만 자게 하거나, 잠을 잘 수 없게 합니다.

이런 증상이 있으면…

빨리 치료받아야 합니다.

그러거나 말거나~

테오는 여전히 꿈꾸는 냥이입니다.

살짝 이불을 덮어주려다…

테오의 꿈을 깨울 것 같아 그냥 조용히 들여다보기만 합니다.

"테오야, 너는 우울함이 뭔지 몰라도 된다."

꽁냥꽁냥

너라도 행복하게 지내렴

음…….

생각도 많고

걱정거리도 많고

일거리도 많고

작성할 제안서도 많고

해결할 것도 많은데…….

예산은 없어요.

세상이 어떻게 돌아가든지 말든지 테오는 태평성대를 누리고 있어요.

팔자 늘어진 테오는…

오늘도 춥다고 이불에 들어가 늘어지게 주무시고 계세요.

"엄마, 이불 속으로 들어오세요. 추운데 왜 돌아다니세요?"

"테오라도 행복하게 지내렴."

이건 누구?

살과의 전쟁

겨울비가 와요.

흐리다 비가 와요.

눈이 될뻔한 빗방울이 날씨가 푹하니 비가 되었나 봐요.

겉옷은 비로 젖고 속옷은 땀으로 젖었어요.

"엄마, 그러니까 이불 속이 젤 안전해요. 왜 돌아다니세요."

"테오야, 뱃살은 어쩔 건데?"

"아이, 참. 그건 나중에 생각해 보기로 해요."

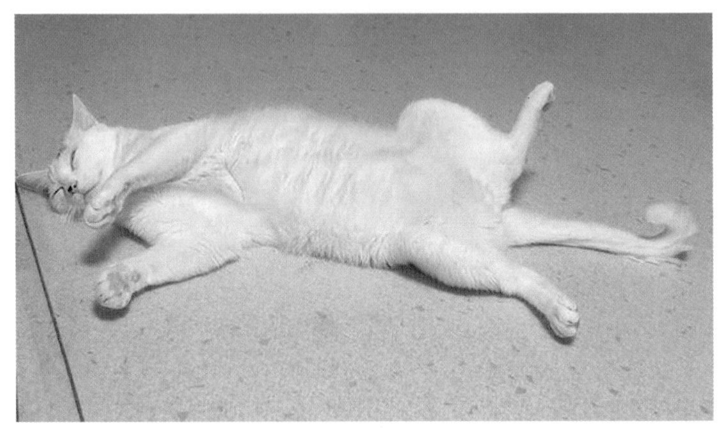

집이 젤 좋아요.

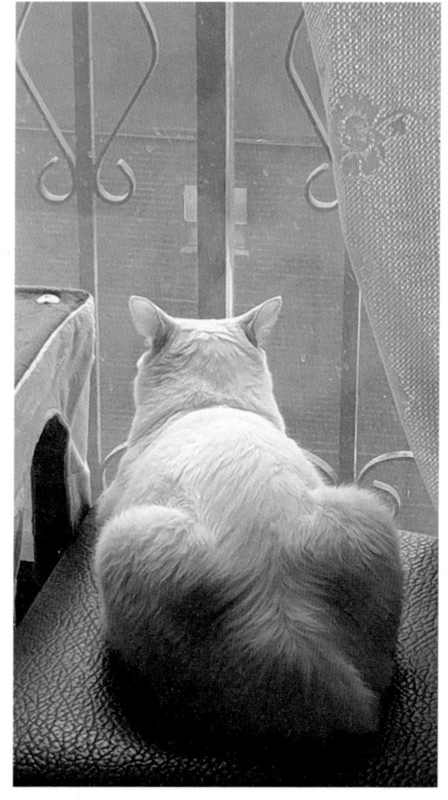

다이어트라니요. 나에게 그런 심한 말씀 하지 마세요.

가을 같은 겨울

가을인 듯 가을 아닌 가을 같은….
겨울입니다.
곧 폭풍 같은 추위가 온답니다.
안 믿는다.
못 믿는다.
더 안 속는다.
우리나라 일기예보…

그나저나 테오는 맨날 창밖을 바라보며 뭔 생각을 할까요?
그 언젠가 나를 위해 단발머리 곱게 빗은 그 소녀도 없을텐데 말이죠.

"엄마, 저는 아무 생각 없어요."

"그래, 무념무상이로구나."

"뭘 꼭 생각해야 하는 건 아니잖아요."

"네 말이 맞다. 생각 없이 넋 놓는 것도 좋지."

무념무상… 그대로 잠이 들다….

내 털은 소중한 것이여

"테오야, 제발 이불 위에서 자지 말고 침대에서 자거라."

"잔소리하지 마세요."

"그만 자고 일어나거라."

"잔소리가 싫어요."

"침 바르지 말고 샤워하거라."

"귀에 딱지 앉겠어요."

"장농에 들어가서 뭐 하니?"

"내가 가출을 하던가 해야지, 잔소리 때문에 못 살겠어요."

"맘대로 해. 지금 나가면 얼어 죽기 딱 좋겠다."

"잠깐만요. 생각해 보니 봄에 나가야겠어요."

테오가 바로 꼬리를 내립니다.

저 잡지 마세요. 날 풀리면 가출할 거예요.

빅트리 '회복심리사' 교육

쉬라고 정해놓은 토요일에,
회복심리사 교육과정을 진행 중입니다.
지난주에 이어 이번주는 '피해법제' 입니다.
범죄피해자를 대상으로 상담을 하려면…
피해상담전문가로서 관련 법률을 어느 정도 숙지해야 합니다.

아침 9시부터 저녁 6시까지.
다소 부담되는 일정이지만, 교육에 참가한 상담전문가들이 열의를 보이십니다.
오늘 강의해 주시는 빅트리 이사이신 조수환 변호사님,
이 자리를 빌어 감사합니다.

막간을 이용하여
오른손으로 비빈 비빔면을 먹으며 잠시 쉽니다.

"엄마, 그런 거 드시니까 배가 나오는 거예요."

"배고프니까 이거라도 먹어야지. 중년여성 몸매가 다 그렇지 뭐."

"어휴, 중년여성이라고 다 그런 건 아니거든요. 내가 안 보고 말지."

어디 가서 테오의 엄마라고 말하지 마세요.

밥값 하는 테오

테오가 오늘따라 유난을 떨며 소리를 크게 질러요.

"엄마, 이리 와보세요~~~"

평소에 선비냥이라며 걸음도 조심스럽던 테오가 오두방정을 떨어요.
테오한테 달려가 보니…
바퀴벌레를 잡아다 놨어요.

벌러덩 누워서 엄마에게 의기양양 자랑을 합니다.

"엄마, 제가 뭐 잡았게요?"

"에구, 잘했네."

칭찬해줬더니 낚시대를 물고 옵니다.

그래, 놀아주마.
고냥이도 밥값을 하는데….
밥값 못하는 인간은 뭘까요?

나는 밥값하는 냥이랍니다.

뱃살타파 프로젝트

사슴눈 장민호오빠가 광고하는,
하이 하이 하이뮴이야~~
하이뮨을 구입했어요.

뱃살프로젝트의 일환인데,
아무리 생각해도 뭔 도움이 될지 모르겠어요.
뭐든 먹으면 찌는 건 진리입니다.
먹는 걸 줄여야 함에도 불구하고 먹을 걸 사들이다니요.

값도 만만치 않아요.
민호오빠가 빵긋 웃으며 광고했으니 거절하지 못하고 구입했습니다.
제품 값보다 광고비가 더 비쌀 거 같아요.

암튼, 좌우지당간,
이 순간도 앉아서 우유에 하이뮴 타서 한잔 마십니다.

'에고 꼬숩네.'

한잔 마시고 있는데,
테오가 저쪽에 앉아 모가지를 삐딱하게 꼬고 쳐다봅니다.

"쯧쯧쯧 엄마, 고만드시죠."

장민호가 좋아요, 테오가 좋아요?

테오 병원 가다

테오가 몇일 전부터 앞발 하나를 절뚝거리기에,
부러 시간 내어 병원에 데려갔어요.

체온 재고, x-ray 촬영하고…
결과 기다리는 중인데
테오를 아무리 불러도 외면해요.

병원 데려왔다고 엄청 맘 상했나 봐요.

"너 잘되라고 이러는 거다."

결과는 무병하데요.
다행이지 뭐에요.

의사샘께서 이렇게 착한 냥이는 첨 봤다며 폭풍칭찬을 해주셨어요.
체온계로 똥꼬를 푹 찌르는데도 가만히 있더라고요.
X-ray 촬영하는데도 너무 얌전해서 신기하답니다.

아직은 아침엔 상당히 추워요.

따뜻이 입고 다니세요.

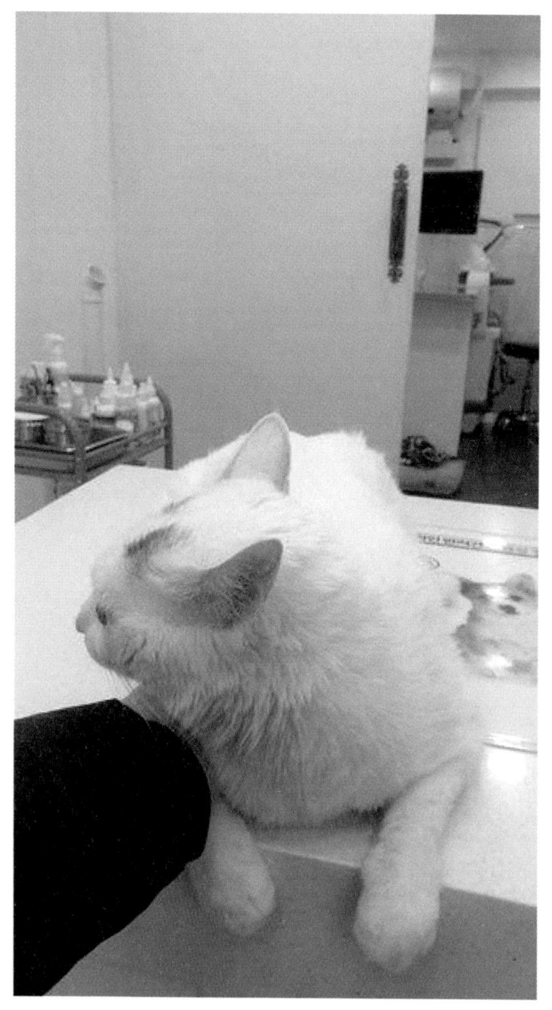

좋은 데 가자고 하시더니… 다시는 안 속을 거예요.

꾀병인지 응석인지

"엄마 발 아파요."

"어느 발?"

"이 발이요."

"아닌 것 같은데…."

"암튼 아파요. 간식 주세요."

하하하
절뚝거리기에 안쓰러워서 더 쓰다듬어줬더니 응석이 늘었습니다.

날씨가 푸근해졌어요.
그러나 미세먼지가 심합니다.
호흡기 잘 지킵시다.

엄마, 테오는 간식 못 먹어서 아픈 것 같아요. 에고 온몸이 다 아프네…

봄타령

봄이 왔네~ 봄이 와~~

반팔에 츄리닝 하나 걸치고 튀어 나가다가…
연세를 감안하여 되돌아 들어가 외투를 걸치고 나섰습니다.

웬걸,
싸늘한 날씨에 외투의 지퍼를 쫘아악 올렸습니다.

그래도 물가에 삐죽 서 있는 나뭇가지에 꽃봉오리가 올라왔어요.
곧 봄이 피려나 봐요.

"엄마, 추운데 왜 나가세요. 걍 방구석에서 뒹구시죠."

"방구석에서 뒹구니까 뱃살이 늘어지지."

"에고, 요렇게 감추고 자야지."

"엄마랑 뽀뽀 한번 할까?"

"왜 이러세요! 다 큰 냥이한테!"

꼴에 다 컸다고 엄마 뽀뽀를 밀어냅니다.

테오에게 맘 상하고…

일이나 해야겠어요.

봄이 피려나 봐요.

엄마, 다 큰 애한테 뽀뽀 강요하지 마세요.

고추장 만들기

올봄엔 고추장을 만들어야 해요.
이왕이면 맛 좋은 고추장을 만들어 보려고요.

짬짬이 틈나는 대로 만들어야 해서…
오늘 밤에 대추고를 만들어요.
푸욱 고아서 진한 대추고를 만들 거예요.
내일은 찹쌀과 엿기름으로 식혜를 만들 거예요.
다음날은… 뭐해야 하나….

지난번 기르던 콩나물은 맛있게 먹고,
이번엔 더 많은 콩을 앉혔어요.
날이 푸근하니까 콩나물이 금방 올라오네요.

"엄마, 고만하고 잡시다."

"너 먼저 자."

"엄마, 안 자면 늙어요."

"이미 늙었어…."

팔자 늘어진 테오는 좽일 뒹굴짝 거렸으면서 밤이라고 또 자나 봅니다.

대추를 푸욱 삶아 대추고를 만들 거예요.

에미야~ 자외선 들어온다. 블라인드 좀 내려라.

촌놈이 모르는 콩나물

첫번째 콩나물은 양이 너무 적어,
두번째 콩나물은 욕심을 부려봤죠.
성공적인 콩나물 부자가 됐습니다.

"엄마, 이게 뭐에요?"

"콩나물이란다."

"먹는 건가요?"

웃긴다, 테오.
촌놈 주제에 콩나물을 모른 체 하다니요.

엄마는 콩나물도 잘 키우시고, 테오도 잘 키우시네요.

봄

봄이 왔네~
봄이 와~~
고양이 커플에게도 봄이 와~~

봄바람이 드세게 불어요.
섬바람은 유독 더 세요.
저는 거구라서 안 날아갔지 말입니다.

바람이 불거나 말거나…
밖에는 길고양이 커플이 썸을 타고 있어요.

우리집엔 콩나물이 풍년이에요.
부럽죠?
콩나물 키워서 후원금 벌어볼까요?

길순이 길돌이의 썸 타는 장면입니다.
"고양이 연예하는 거 첨 보세요?"

봄비 맞으며 냉이 캐다

봄비를 맞으며 냉이를 캤어요.
제법 많은 양을 캐서 나눔하기 좋아요.
오늘 저녁엔 구수한 된장 넣고
냉이 된장찌개를 바글바글 끓일 거예요.

산책하러 가자고 엄마 바짓가랑이를 잡고 한참이나 조르던 테오는…
포기했는지 벌러덩 뒹굴어요.

곧 농번기가 됩니다.
뭘 심어야 하나….
행복한 고민 중이에요.

심심하다고요. 놀아달라고요.

냉이는 봄을 불러요.

상춘객 오지 마소

개나리 노오란 꽃그늘 아래
가지런히 놓여 있는 운동화 한 켤레.
섬을 한 바퀴 돌다 보니 운동화가 꾀죄죄.

섬엔 봄이 피네.
곧 어마어마한 벚꽃이 만발할 거네.

제발 오지 마소
제발 오지 마소
섬사람들 쓰레기 더미에 파묻히고, 교통체증에 시달린다오.

"섬이 엄마 것도 아니면서 왜 오지 말라 하세요?"

"그런 거 참견 말고 똥꼬나 닦아라."

"정말 이러실 거예요??"

테오의 치부는 나의 즐거움이에요.

개나리 노오란 꽃그늘 아래…

꽃에 취하다

봄바람 휘날리며
벗꽃잎이 휘날리는
이 길을….

섬마을 벗꽃 클라스에요.
이제 벗꽃잎이 휘날려요.
오지 말라는데도 꽃구경 오는 상춘객이 차고 넘쳐요.

냉이꽃도 꽃이라고 한껏 꽃대를 올리고 한들 거려요.

"엄마, 놀아주세요."

"바쁘다."

"엄마, 엄마, 엄마, 놀아주세요~~"

"미안. 너랑 놀아줄 시간 없다."

조르던 테오가 안 보여 둘러보니 저러고 있네요.
미안하다, 테오야.

어린 아이들에게 소홀하면 돌이킬 수 없는 일이 생길 수 있죠.
지금 잘 합시다.
그리고, 아이들 때리지 마세요.

그나저나 뱃살 못 지켜줘서 미안하다 테오.

---

* **방임** : 아동학대범죄의 처벌 등에 관한 특례법(약칭 : 아동학대처벌법). 고의적이며 반복적인 아동양육 및 보호의 소홀로 아동의 건강과 복지를 해치거나 정상적인 발달을 저해할 수 있는 모든 행위입니다. 아동학대를 하면 5년 이하의 징역 또는 5천만원 미만의 벌금에 처해집니다.

울다 지쳐 잠든 테오… 미안하다 아가야.

청춘

언젠간 가겠지
푸르른 이 청춘
피고 또 지는 꽃잎처럼.

고새 우수수 떨어진 꽃잎은…
내년에 또 피겠으나
가고 진 청춘은 다시 피지 못하죠.

그래서 오늘을 열심히!
빡세게 살아 보려 합니다.

"엄마, 인생 별거 없어요. 걍 대충 사세요."

방바닥에서 요리 뒹굴 조리 뒹굴하던 테오가 옹알거립니다.
테오의 잠꼬대는 늘 심오합니다.

"테오야, 방구석에서 뒹구는 놈이 발바닥이 왜 그리 더럽니?"

"그건 엄마가 청소를 게을리해서 그런 거죠."

"결국, 내 잘못이구나."

내 탓이오!

내 탓이오!!

엄마가 청소를 게을리 해서 내 발바닥이 개발바닥이 되었단 말이죠.

봄이 왔어요

이번주는 밭을 갈았어요.
그동안 관리기가 말썽을 부려 미루다가,
건넛집에서 관리기 빌려다 밭을 갈았어요.

손바닥텃밭의 귀퉁이에 쌈채랑 바질 씨를 뿌렸어요.
담주엔 모종을 심어야겠어요.
야채 뜯어먹을 생각에 벌써 기분이 좋아집니다.

밭 갈고 인근에 꽃구경 다녀왔지요.
시골은 추워서 이제야 꽃이 핍니다.

테오는 뭘 했다고 저러고 곯아떨어졌어요.

"테오야, 너 데리고 다닌 엄마가 피곤하니, 냥모차 탄 네가 피곤하니?"

"엄마도 피곤하시면 푹 쉬세요~"

"왠지 요즘엔 쉬고 싶다…."

빅트리 설립하고 책임져야 할 것들이 자꾸 늘어가요.

잘 될 겁니다.

지금 준비하는 모든 일들이 다 잘 될 겁니다.

모두 행복한 봄날 누리세요.

냥모차 타고 다니는 것도 엄청 피곤한 거예요. 코 앞에 털은 나중에 청소할게요.

차라리

차라리 강의나 하고 책이나 쓸걸…
차라리 돈이나 벌걸…
차라리 우아 떨며 고상하게 취미나 즐길걸…
차라리 꽃이나 들여다 볼걸…
그럴걸 그랬나보다.

10년 넘게 이러고 살았고,
지금도 이러고 살아요.
피해자 입장 안쓰러워 이러고 살아요.
이젠 내가 안쓰러워요.
하늘을 우러러 한점 부끄럼 없이 살려고 노력해요.

하늘을 우러러 봤어요.
된장!
부끄러워 죽겠네요.

"테오야, 엄마 오셨다."

"추운데 왜 나댕기세요. 저 찾지 마세요. 이불 밖은 아직도 위험해요."

“그래. 네가 현명하다. 너는 코로나 걸리고 싶어도 못 걸리겠구나.”

이노무 세상!

그래도 열심히 노력해봐야죠.

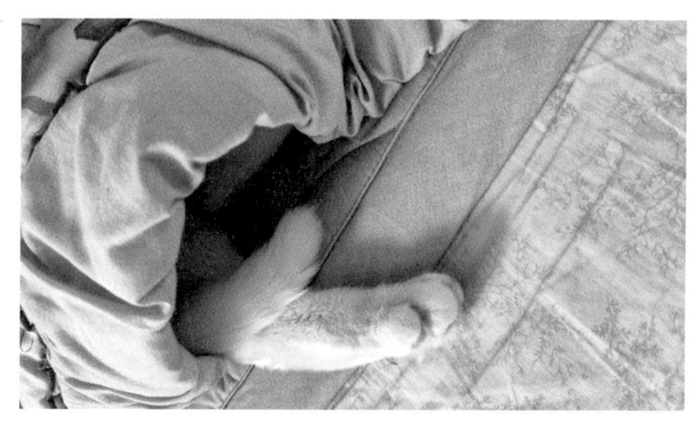

테오 찾지 마세요….

오가피나물

오가피나물, 최애 나물 중 한 가지.
데쳐서 무치면 쌉싸름하니~
입맛을 돋게 하지요.

여린 쑥을 뜯기 시작했어요.
모아서 떡 해 먹을 거예요.
떡 해먹을 생각에 기분이 좋아집니다.

팔봉산.
걍 트래킹 살짝하기 좋은 홍천강변이에요.
테오랑 같이 가서 트래킹은 못하고 강물만 쳐다보다 왔어요.
물멍….

봉우리가 여덟개 맞죠?

나물이라 쓰고, 보약이라 읽어요.

충성!!

북한산 팔각정에서 바라본 아랫동네.
수년전 이곳을 지키는 부대에서 참 열심히 상담을 했어요.
왜 그렇게 열심히 상담을 했는지…

그리고 지금은 피해자상담을 또 왜 그리 열심히 하는지…
생기는 것도 없고, 알아주는 이도 없는 상담만 골라서 하는 것 같아요.

돌나물로 물김치 담그고,
쑥떡도 만들었어요.
같이 먹음 맛있을 것 같죠?

"엄마, 나랑은 언제 놀아줄 건데요?"

할 일이 많은데 테오가 자꾸 보채네요.
엄마를 보면 놀아달라고 보채는 테오에게 살짝 미안한 마음이 듭니다.

엄마, 테오는 늘 심심해요.

애플노린재

여느 때와 같이 밭에서 일을 하던 도중…
화려함의 극치를 달리는 녀석을 발견했어요.

이게 뭘까요?

나이를 먹으면 많은 것을 알 것 같아도
모르는 것이 더 많네요.

당췌 이 식물이 무언지,
이 곤충이 무언지….

테오가 보면 뭐라 할까요?

*** 큰광대노린재(애플노린재)** : *몸길이 : 17-20mm*

화려한 금속광택을 띠는 미려조이며, 살아 있을 때는 보는 방향에 따라 반사색이 변한다. 몸의 등면에는 영롱하게 광택이 나는 금록색의 바탕에 홍보라빛 또는 선홍색 광택이 영롱한 무지개빛 줄무늬를 가진다. 죽은 표본에서는 광택과 반사빛이 현저히 퇴색한다. 몸의 아랫면은 청록색 광택을 띤 검정색이거나 암록색이다. 광대 노린재와 닮았으나, 줄무늬가 더 넓고 크게 발달하였다. 또한 작은방패판의 기부에는 무늬가 없다. 선단부의 줄무늬는 山자 모양을 이룬다(국립수목원).

노린재에게서는 고약한 냄새가 풍기는데, 유일하게 광대노린재에게서는 향긋한 냄새가 풍긴다. 고가에 매매되기도 한다.

테오의 눈만큼 신비한 자연의 세계입니다.

고슴도치 엄마

테오는 미모가 출중한 고양이에요.
얼마나 예쁜지 몰라요.
윤기 나는 뽀송뽀송하고 보들보들한 털은 비단보다 더 부드러워요.
앙증맞은 발은 너무나 폭신해서, 말랑젤리 같아요.

테오의 눈으로 말할 것 같으면, 보물 중에서도 가장 귀한 보물이에요.
어떤 아름다운 보석에 비해도 부족하지 않아요.
잔잔한 바닷물 같은 왼쪽 눈은 그 깊이를 알 수 없을 정도로 푹 빠져들게 해요.
바라보고 있노라면 가을인 듯 가을 아닌 황금 같은 갈색 눈으로 인하여 풍요로움을 느낄 수 있어요.
짝짜기 눈을 바라보면 신비롭기까지 합니다.
너무 황홀하지 뭐예요.

목소리는 얼마나 다양하고 아름다운지,
배고플 때 소리 다르고,
놀아달라고 조를 때 다르고,
똥 싸놓고 치워달랄 때 다른데,
흉내 불가한 오묘한 테오 목소리를 듣고 있자면 저절로 스마일이 됩니다.

무엇보다도 엄마를 닮은 코에 점.
미녀의 상징인 코에 점을 우리 테오도 갖고 있어요.
게다가 하트 점이에요.

"엄마, 왜 그러세요?"

"엄마 눈에는 우리 테오가 냥이 중에 최고로 멋진 것 같아."

"쯧쯧쯧 고슴도치도 자기 새끼는 보드랍다 그런데요."

제 매력에 빠져보세요.

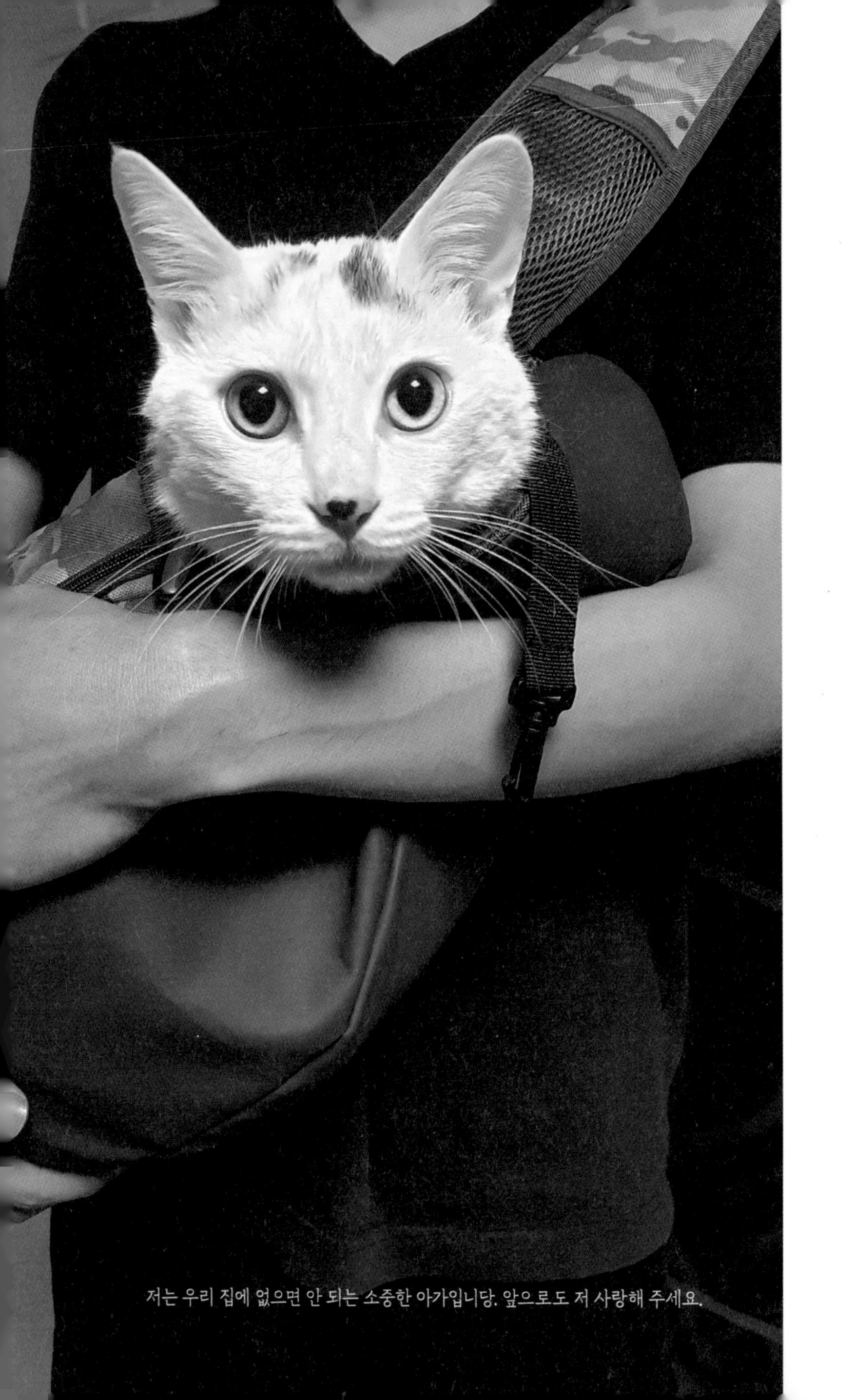

저는 우리 집에 없으면 안 되는 소중한 아가입니당. 앞으로도 저 사랑해 주세요.

"모든 엄마 마음이 이럴 거야."

"뭐, 제가 멋지긴 멋지죠. 저만큼 매력 냥이가 어디 있겠어요!"

내가 지금 뭐 하는 거죠?
테오가 얼마나 시건방진 냥이인데…
했던 말을 모두 취소할 수도 없고….
앞으로 테오의 시건방을 뒤치다꺼리하려면….
매우 피곤하겠습니다.

"테오야, 적당히 하자."

"그래도 저 사랑하시죠?"

"그럼."

쥐잡이 냥이의 묘생역전 (상)

초판인쇄 2022년 11월 1일
초판발행 2022년 11월 8일

지은이 안민숙
발행인 조현수
펴낸곳 도서출판 프로방스
기획 조용재
마케팅 최관호, 최문섭
교열 · 교정 이승득

주소 경기도 고양시 일산동구 백석2동 1301-2
넥스빌오피스텔 704호
전화 031-925-5366~7
팩스 031-925-5368
이메일 provence70@naver.com
등록번호 제2016-000126호
등록 2016년 06월 23일

정가 18,000원
ISBN 979-11-6480-259-3 (04810)
979-11-6480-265-4 (04810) (세트)